밥 태우는 엄마

밥 태우는 엄마

글 임나라 그림 김현숙

인쇄일 | 2023년 6월 20일
발행일 | 2023년 6월 25일

지은이 | 임나라
그린이 | 김현숙
펴낸이 | 김명수
펴낸곳 | 도서출판 시아북(詩芽Book)

출판등록 | 2018년 3월 30일
주소 | 대전광역시 동구 선화로214번길 21(3F)
전화 | (042) 477-8885, 254-9966
팩스 | (042) 367-2915
E-mail | siab9966@daum.net

값 13,000원

ISBN 979-11-91108-71-2(03810)

밥 태우는 엄마

글 임나라 그림 김현숙

시아북
뉴펀BOOK

행복한 문학

'문학'에는 아주 많고 많은 것들이 살고 있어요.
어디, 창문을 활짝 열고 한 번 내다볼까요?

엄마

아빠

친구

선생님

책

역사

우주

별

해

달

구름

이슬

비

아픔

미움

꽃

공부

나눔

나무

*

*

*

아휴, '문학'에는 『아라비안나이트』만큼이나 할 이야기가 많네요.
저곳으로 함께 가 볼래요? 하고 싶은 말, 서로 보태어 봐요.
즐겁게 춤도 출 수 있어요.

앞으로도
'행복한 문학'을 나침반으로 삼으며
멋지고 근사한 여행을 하고 싶어요.
저의 문학세계는 즐거운 에움길이랍니다.

이번 책 발간 여행에 함께 해 주신 분들을 소개합니다.

□ 김희정 작가

어느 해, 우연히 문학단체 모임에서의 옆자리 만남이 좋은 인연으로 이어져 서로 글을 나누는 친한 사이가 되었어요.

그래서 제 동화의 숲을 잠시 산책해 달라고 요청을 했고, 기꺼이 응해 주었어요.

김희정 작가는 매일같이 에너지가 샘솟는 맑고 엉뚱한 아이들의 이야기를 쓰며, 여러 지역에 사는 문화·예술인들을 찾아 그들의 삶을 소개하는 글을 써서 신문에 기고하는 일을 하고 있습니다.

□ 김현숙 화가

우연히 만났어요.

인사동 중심에 있는 전시장에 들렀다가, 전시되고 있는 화가의 그림에서 짙은 동화적 요소의 향내를 맡으며 반짝 눈이 빛났지요.

'언젠가 내가 동화집을 내게 된다면, 저 그림의 아름다운 색들과 만날 수 있을까?'

마침내 막연한 소망은 이루어졌어요.

김현숙 화가는 쉼없이 그리는 화가예요. 어제도 그제도 열심히 그려 전시를 했고, 오늘도 전시를 하고 있고, 또 내일의 전시를 위해 끝없이 준비하고 있지요.

□ 김명수 시인

살아온 날들의 기억을 오래 나누어 갖고 있는 출판인 겸 시인이셔요.

시집『질경이꽃』, 동시집『배 쑥쑥 등 살살』로 유명하신 분으로 2022년도부터는 '충남문학회'를 회장으로서 이끌어가고 계시지요.

이 동화집이 나오기까지 기쁜 마음으로 진행해 주시고 응원해 주셨습니다.

고맙습니다. 행복합니다.

언덕 위의 〈Rhyme House〉에서

임나라

꽃 도둑의 이상한 병

"여보세요, 꽃 도둑님!"

언젠가부터 다미씨는 거울을 볼 때면, 놀리듯이 불러보곤 했습니다. 그러면 거울 속의 다미씨는 알록 사탕을 선물 받았을 때처럼 둥글고 환하게 웃어 주었지요.

원래 다미씨는 교과서에서 가르친 대로 살아왔습니다.

'꽃을 꺾지 말자.'

'잔디밭에 들어가지 마시오!'

이 말을 어기면 정말 큰 일 나는 줄 알았습니다. 단 한 송이라도 꽃을 꺾지 않는 것은 물론이고, 넓은 잔디밭에 엎드려 책을 읽는 서구 영화의 장면들은 그저 다미씨에겐 영화에서나 있을 수 있는 일로 여겼습니다.

좁은 오솔길을 따라 들어간 산골짜기 얕은 등성이에 핀 도라

지꽃을 하염없이 바라보다가, 가슴에만 보라색 꽃물을 들이며
홀로 적막히 내려올 뿐이었습니다.

> "도라지꽃은 가신 언니 꽃 / 예쁜 보라색 / 오늘도 나
> 만 혼자 / 뒷동산에 올라 가 / 언니가 좋아하던 / 꽃
> 을 찾아 헤매인다 / 도라지꽃은 가신 언니 꽃 / 보라
> 색 저고리."

혼자 노래를 흥얼거리면서요.

도시의 거리에 '봄의 교향악'이 잔잔히 흐르기 시작하는 늦은
4월의 밤이면 라일락꽃도 서서히 피어납니다. 송이송이, 꽃등
을 켜는 것 같습니다.

다미씨는 그 꽃나무 아래에서 밤이 깊도록 하늘바라기를 하
다 집으로 돌아가곤 했습니다. 라일락의 꽃향기는 온 마음 안에
번져 들어 와 모든 걱정을 녹여주는 듯했습니다.

다미씨에겐 한 해, 두 해, 점점 나이가 더해져 갔습니다. 세월
이 흘러가는 것이지요. 어느 날, 쇠약해져 가는 다미씨의 모습
을 보며 누군가 말해 주었습니다.

"꽃차를 마셔 보세요."

꽃을 구하기 위해서 다미씨는 많은 시간을 들여 산으로 들로

쏘다녔습니다. 차양이 넓은 모자에 선글라스와 커다란 마스크를 쓰고, 장갑 낀 허름한 작업복 차림의 다미씨는 흡사 무장 괴한 같았습니다. 도란도란, 사람들과 어울려 지낼 때와는 사뭇 달라 보였습니다. 언덕에 올라 높은 아카시아 나뭇가지를 휘어잡아선 꽃줄기를 주루룩 가차 없이 훑어 내리고, 밤하늘의 별 같은 망초꽃이 좋다고 하면 새순과 함께 똑똑 끊어선 바구니 가득 채웠습니다.

"장미로 만든 화장수가 으뜸이랍니다."

다미씨에게 누군가의 누군가가 속삭였습니다. 다미씨는 그 말에 눈을 반짝이며 몇 날 며칠 밤에 몰래 나가 아파트 단지의 긴 울타리에 줄지어 핀 빨간 장미꽃을 한 움큼씩 따서 플라스틱 통에 담아 왔습니다. 아주 큰 부자가 된 듯했습니다.

그런데 그만 다미씨는 이상한 병에 걸리고 말았습니다.

아름다운 꽃을 보면 고여 오던 마음의 행복이 그만 사라져 버린 것입니다.

꽃의 향기도 맡아지지 않았습니다. 오직 눈빛만이 더욱 깊고 또렷해져 갈 뿐이었습니다.

'더 늦은 밤에 가서 더 많이, 더 많이 꽃을 따 와야겠어!'

다미씨의 집에는 꽃잎이 쌓여 갔습니다.

'내일부턴 이슬이 걷히기 전에 새벽 일찍 아무도 몰래 꽃을 따

러 가야지.'

*　　　　*　　　　*

"애야, 뭐하니?"

이른 아침, 한 아이가 장미 울타리 옆에 쪼그리고 앉아 밤새 떨어진 꽃잎을 주워 모아 토닥이고 있었습니다. 엄마가 옆에서 지그시 바라보며 서 있습니다.

"꽃잎에게 잘 가라고 기도해 주는 거예요. 할머니, 이 꽃잎이 가엾잖아요?"

아이가 아기 천사로 보였습니다.

다미씨는 살그머니 장미꽃이 한가득 담긴 플라스틱 통을 뒤로 감추었습니다. ✿

밥 태우는 엄마

초록 숲으로 둘러싸인 저수지 위로 아침의 싱그러운 바람이 살랑살랑 불어왔다.

그러더니 바람은 눈깜짝할 새 연주홍빛 해님을 하늘 높이 띄워 올리곤 시침 뚝 따고 쌔앵 멀리 날아가 버렸다.

고요한 저수지 가에는 청둥오리들이 떼지어 아침을 맞으며 헤엄을 치고, 둑길 위에는 싸리나무 사이사이로 보라색 붓꽃들이 피어 있었다. 꽃잎에는 대롱대롱 이슬이 맺혀 있다. 하지만 연주홍빛 해님이 붉게 붉게 짙어져 떠오르는 걸 보면 이제 이슬은 곧 사라질 것이다.

"아빠, 붓꽃 꺾어다 엄마에게 선물하면 좋아하겠지?"

"아마도?"

열음이의 말끝을 바로 이으며 아빠는 성큼성큼 앞장을 서서

걸어갔다. 운동화를 신은 아빠의 바짓가랑이는 순식간에 풀잎 이슬에 젖어 발목까지 흠씬 적시고 있었다. 바지끝을 짜면 물이 줄줄 흘러내릴 것 같았다. 다행히 열음이는 긴 장화를 신고 왔기 때문에 이슬 세례를 피할 수 있었다.

"아빠, 내가 먼저 앞장서서 갈게. 난 장화를 신어서 이슬쯤은 문제없어."

아빠 뒤에서 붓꽃을 꺾던 열음이가 저벅저벅 걸어 이내 아빠를 제껴 버렸다.

"하하. 빨간 장화를 신은 우리 공주님이 효녀네?"

"앗! 아빠 혹시 내게 '효녀 바라기'를 꿈꾸고 있는 건 아니지? 그럼 곤란해요, 난 나거든요?"

"알았어, 알았어. 벌써 사춘기 소녀가 되어가고 있단 거지?"

산 너머에서 뻐꾸기가 울기 시작했다.

초여름의 햇살들도 뻐꾸기 울음소리를 따라 나뭇잎 사이를 오고 가며 춤을 추는 듯 반짝거렸다.

산모롱이를 돌아 논둑길이 나타나자 열음이는 고개를 앞으로 바짝 숙인 채 내달렸다. 그러나 긴 장화를 신어서인지 바람을 가르며 달리는 상쾌한 느낌은 들지 않았다.

"장화 신고 뛰니까 뒤뚱뒤뚱 달리는 빨간오리 같구나?"

뒤에서 아빠가 놀렸다.

"에이, 아빠. 그럼 내일은 맨발로 와서 물찬 제비처럼 달려볼까요? 아, 근데 배고프다!"

열음이는 아빠의 놀림에도 아랑곳하지 않고 언덕길을 뒤뚱뒤뚱 달려 올라갔다. 그러자 고라니 한 마리가 갑자기 수풀 속에서 뛰쳐나와 길을 가로질러 도망을 쳤다. 이사 와서 처음엔 기절할 듯이 놀랬는데 이젠 아무렇지도 않았다.

집 앞에 다다라 파란색 포치 벽 위에 걸어 둔 종 모양의 풍경이 데엥, 뎅 소리를 내며 바람에 흔들리고 있었다.

통, 통 계단을 오른 열음이가 붓꽃 다발을 손에 든 채 현관문을 열었다.

"엄마아, 보라색 붓꽃 선물⋯. 아, 무슨 냄새야?"

붓꽃을 든 손을 내밀다가 열음이가 코를 막으며 눈살을 찌푸렸다.

"또 밥을 태우셨나?"

아빠가 주방 쪽을 살폈다. 엄마가 보이지 않았다. 아빠가 재빨리 뛰어 가 가스레인지를 잠갔다.

"엄마, 어딨어? 여깄어?"

열음이가 안방 문을 열자, 엄마는 태평스럽게 손에 책을 펼쳐 들고 독서를 하고 있었다.

"엄마!"

열음이가 꽥 소리를 지르자, 엄마가 그제야 고개를 들고 놀란 눈으로 쳐다보았다.

"엄마, 밥 타는 거 몰라?"

"어머, 어머, 이를 어째? 내가 또 밥을 태웠니?"

엄마가 잰걸음으로 방에서 나와 옹기 밥솥 뚜껑을 열었다. 탄 내가 코를 찔렀다.

"나 배고프단 말야. 근데 또 탄밥을 먹어야 돼? 싫어."

열음이가 토라지자 아빠가 창문을 열어젖히며 달랬다.

"시리얼이랑 우유 먹고 얼른 가자. 오늘은 아빠가 학교 앞 사
  거리까지 태워다 주고 출근할게."
"미·안·해!"
당황해하며 모기소리 만하게 말하는 엄마에게 꽃을 내밀면서
도 열음이는 엄마 얼굴은 쳐다보지도 않았다.
"괜찮아요. 유투브에서 보니까 누룽지는 수명을 연장시켜 준
  다고 하던데, 나중에 끓여 먹으면 되지."
"정말 이해가 안돼. 맨날 밥을 태우면서 엄마는 왜 압력밥솥이
  나 전기밥솥을 쓰지 않을까"
차에 올라서도 화가 풀리지 않은 열음이는 고개를 절래절래
저으며 아빠를 돌아다 보았다. 아침밥을 좋아하는 아빠도 짜증
이 날 만했다. 그런데 시리얼에 찬 우유로 아침을 대신하고 출
근하게 하는 엄마를 이해할 수 없었다. 하지만 아빠는 열음이의
화를 부채질하지 않고 짧게 한마디만 했다.
"그러게."
아빠와 헤어진 후, 이팝나무가 길게 늘어선 학교길을 걸어가
면서 열음이는 생각에 잠겼다.
'엄마는 왜 압력밥솥이나 전기제품을 싫어할까? 엄마는 밥을
  태울 때마다 사연도 다양했어. 가스불에 밥솥을 올려놓고 책
  을 읽다가 밥을 태우기도 여러 번이야. 어느 때는 국 냄비를

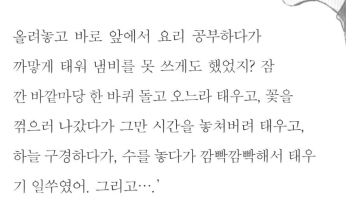

올려놓고 바로 앞에서 요리 공부하다가
까맣게 태워 냄비를 못 쓰게도 했었지? 잠
깐 바깥마당 한 바퀴 돌고 오느라 태우고, 꽃을
꺾으러 나갔다가 그만 시간을 놓쳐버려 태우고,
하늘 구경하다가, 수를 놓다가 깜빡깜빡해서 태우
기 일쑤였어. 그리고….'

열음이는 생각에 생각의 꼬리를 이어가다가 순간 걷던
걸음을 뚝 멈춰 버렸다. 생각이 전혀 엉뚱한 길을 가고 있었던
것이다. 열음이는 저도 모르게 큰 소리로 외치며 머리를 가로세
로로 흔들었다.

"홧! 우리 엄마, 혹시 치매 걸린 거 아냐?"

첫 시간이 끝나기 무섭게 빛나가 다가왔다. 초여름이 시작되
면서 친구들의 옷이 얇아지자 몸이 달라져 가는 걸 볼 수 있었
는데, 새로 산 티셔츠를 입고 온 빛나의 가슴도 봉긋하게 부풀

어 있었다. 열음이가 흘깃 돌아보곤 픽 웃었다.

"왜 웃어?"

빛나가 열음이의 눈길을 따라 제 가슴을 내려다보고 나서 물었다.

"그냥."

"너도 그렇거든?"

빛나가 눈망울을 일부러 크게 뜨곤 열음이의 가슴을 요리조리 훑어보았다.

그러곤 누가 먼저랄 것도 없이 둘이는 함께 싱긋 웃었다.

"너의 엄마한테 얘기 들었지?"

"무슨?"

"어, 못 들었니? 나, 오늘 너의 집에 가기로 했다던데? 우리 엄마가 낮에 요리강습대회가 있어서 거기 참가하느라 집을 비운대. 그래서 내가 너의 집에 가 있으면 엄마가 끝나는 대로 나 데리러 오겠다고 너의 엄마한테 어제 얘기해 놨대."

"그럼 우리 집에 같이 가면 되겠네?"

말은 그렇게 태연하게 했지만 열음이는 속으로 부아가 부글부글 끓어 올랐다.

'왜 엄마는 미리 말해 주지 않는 거야? 혹시 치매…?'

생각이 또 거기로 가자, 열음이는 세게 도리질을 했다.

'으흐으음, 그럴 수는 없어.'

요즘엔 학교 수업을 대충대충 해도 별로 신경들을 쓰는 거 같지 않아 누가 결석을 해도 아무도 걱정하거나 궁금해하지도 않았다. 모두기 '코로나 팬더믹 현상' 때문에 생겨난 일이라고 했다.

열음이도 빛나와 함께 대충 수업 정리를 하고 학교 문을 나서며 핸드폰을 꺼내 엄마에게 문자를 보냈다.

「빛나와 함께 집에 올라갈 테니까 엄마는 산 밑에까지 안 내려와도 돼요.」

빛나가 오기로 했다는 걸 왜 미리 말해 주지 않았느냐고 따질까 하다가 그만둬 버렸다.

'이따 엄마랑 둘이 있을 때 조곤조곤 따져 봐야지.'

빛나랑 집으로 올라가는 길모퉁이에 있는 수퍼 앞을 지나는데 주인아저씨가 반겨하며 말을 걸었다.

"학교들 갔다 오니?"

"네."

열음이는 공손히 인사했다. 어른들은 인사받는 걸 대접받는다고 여겨서인지 인사를 할 때마다 만면에 웃음이 가득해지곤 했다.

아저씨는 아저씨 부인이 엄마랑 성씨가 같다며 볼 때마다 친

절하게 대해 주었다. 하지만 열음이는 그다지 반갑기만 하지는
않았다.

수퍼 안은 먼지가 가득 쌓여 있고, 상품들도 유통기한이 오래
지난 것들이 대부분이었기 때문이다. 언젠가 열음이가 따져 물
었더니 아저씨는 껄껄 웃으며 아무렇지도 않다는 듯이 말했다.

"여기서 사람들이 물건을 살 거 같냐? 대형 마트가 차 타고 십
분이면 가는데 여기서 살 사람이 어딨어? 그냥 시간 보내고
있는 거야."

그 후로 열음이는 수퍼 앞을 수없이 지나면서도 한 번도 물건
을 사지 않았다.

"열음아, 하드 두 개 줄 테니 친구랑 먹으면서 올라가라."

"아, 아, 괜찮아요, 아저씨."

열음이가 손사래를 치며 몇 발자국 뒤로 물러섰다.

"이건 먹어도 되니까 걱정 말거라. 여름이 되니까 사람들이 시
원한 걸 찾기도 해서 오늘 아침에 오토바이 타고 내가 직접
가서 사 온 거야."

"네에, 고맙습니다. 아저씨, 주세요."

빛나가 앞으로 한 발을 내밀며 두 손을 펼쳤다.

"그래, 이쁘구나. 둘이 정답게 먹으며 올라가렴."

열음이도 꾸벅 고개를 숙여 인사를 했다.

"처음엔 너의 집 이사 올 때 동네 사람들이 수군수군했단다. 혹시 빚지고 몰래 도망쳐 온 사람들이 아니냐고 말이야. 그렇잖으면 하필 그 산꼭대기로 이사 올 일이 뭐 있겠느냐며 의심하는 사람들이 아주 많았었단다."

"아네요, 아저씨. 열음이네는 자연이 좋아서 숲으로 이사 온…."

빛나가 하는 말을 자르고 나서 열음이는 옆구리를 찌르며 그만 가자는 눈짓을 보냈다. 뒤에서 아저씨가 하던 말을 계속했다.

"그래도 너의 아빠 엄마가 선견지명이 있었던 모양이야. 무서운 전염병이 불어닥칠 줄 누가 알았겠누? 산속이니 공기가 얼마나 좋을 게야? 자, 잘들 올라가거라."

열음이와 빛나는 숲길로 들어서며 노래를 흥얼거렸다. 누굴 만나면 이야기가 길어지는 아저씨에게서 벗어날 수 있게 되어 기분도 상쾌했다.

노래 소리가 점점 커져 갈 무렵, 수풀 속에서 고라니 한 마리가 뛰쳐나와 투다닥 길을 가로질러 달아나 버렸다. 고라니는 늘 제가 먼저 놀라 경중경중 뛰어 달아나곤 했다. 빛나도 이제 열음이처럼 처음과 달리 고라니를 보고도 놀라거나 소리치지 않았다.

"고라니 눈망울이 너무 순해 보여, 그렇지?"

집 근처에 다다르자 빛나가 익숙한 걸음으로 통통 앞장을 섰다.

　빛나가 온다는 걸 알고 있을 엄마가 무슨 반찬을 해 놨을까 궁금한 생각도 들었다.

　포치 아래에서 현관문을 열려 하는데 안에서 먼저 에이프런을 두른 엄마가 문을 열어 주었다.

　"생각보다 일찍들 왔구나?"

　"응, 엄마. 빛나랑 함께 온다는 문자 읽었지?"

　열음이는 아침에 짜증을 내고 간 게 쑥스럽기도 해서 김짓 붉은 표정을 지으며 안으로 들어가려 하는데 왠지 엄마가 당황해하는 것 같았다.

"아줌마, 안녕하셨어요?"

성격이 밝은 만큼 빛나는 목소리도 시원시원했다.

"그래. 어서 와."

아무래도 엄마의 행동이 이상해 열음이는 고개를 갸우뚱했다.

"근데 아줌마. 뭐 태우셨어요? 탄내가 나는 거 같아요."

"으응. 밥을 좀 태웠어. 너희들에게 맛있는 밥 해 주려고 했는
데, 그만⋯."

열음이는 화가 나서 엄마를 향해 눈을 한 번 치떠 보이곤 아무
말도 하지 않은 채 방으로 들어와 버렸다. 빛나가 뒤따라 들어
오며,

"너 왜 엄마한테 화를 내? 밥을 태우실 수도 있는 거지."

하고 나무랐다.

"너의 엄마도 날마다 밥 태우고, 찌개 태우고, 국 쫄아 들게 하
시니?"

"아니. 우리 엄만 한 번도 음식을 태워 본 적은 없었던 거 같아."

빛나가 열음이의 눈치를 살피며 조심스럽게 말했다.

"너의 엄마는 한 번도 안 태우는데 왜 우리 엄만 날마다 태우
는 거냐구?"

하마터면, 우리 엄만 치매 환자임이 분명해, 하고 큰 소리로
말할 뻔했다.

"아줌마, 걱정 마세요. 저의 엄마가 요리 실습한 거 싸 갖고 오
  신다 했어요. 그거 먹으면 돼요."

 방문을 열고 나가며 빛나가 말하자,

 "어휴, 빛나가 싹싹하기도 하네?"

하며 엄마가 가슴을 쓸어내렸다.

 엄마의 코멩멩이 소리에 열음이 입이 삐죽 나왔다. 가스 레인
지 위에 옹기 밥솥과 스텐레이스 냄비가 나란히 놓여 있었다.
이번엔 둘 다 태운 거 같았다. 뚜껑을 열어 보다가 열음이는 얼
른 닫아 버렸다. 빛나가 볼까봐서였다.

 조리대 앞에서 주춤거리고 있는 엄마를 향해 고개를 까딱하며
방으로 들어오라는 눈짓을 보냈다. 엄마가 영문을 모르겠다는
듯이 눈을 동그랗게 뜬 채 방으로 따라 들어왔다.

 "나는 맨날 엄마 밥 태운다고 짜증이나 내는데 빛나가 생글거
  리며 말해 주니까 그렇게 좋아?"

 "빛나가 상냥하고 예절이 바르잖니?"

 "그럼 엄마 딸 해. 빛나 엄마는 밥이나 찌개, 국 같은 거 한 번
  도 태워 본 적 없대. 난 엄마가 빛나 엄마처럼 밥 좀 안 태웠
  으면 좋겠어."

 "그럼 너네 엄마 하면 되겠네? 누군 태우고 싶어서 태우는 줄
  아니?"

엄마도 속상하고 짜증이 나는지 톡 내쏘곤 방을 나가 버렸다.

엄마 혹시 치매 아냐? 라고 말하려던 찰나였다.

빛나 엄마는 해가 앞산으로 넘어가려 할 때 분홍색 차를 몰고 힘차게 언덕길을 달려 올라왔다. 차 운전을 싫어하는 엄마와는 사뭇 달라 보였다.

"얘들아, 먹을 거 잔뜩 가져왔어. 자, 도와들 주세요!"

빛나 엄마가 차 트렁크 문을 올린 후, 작고 큰 상자들을 꺼냈다. 안으로 갖고 들어가 조리용 테이블에 놓으니 정말 푸짐했다.

"와아, 이거 다 엄마가 요리한 거야?"

"아니. 여럿이 만든 것들을 다 각자가 조금씩 나눠 온 거야. 엄마는 감자 크로켓을 만들어 봤어."

식탁에 음식을 놓는 일도 빛나 엄마는 마술사처럼 순식간에 척척 해냈다.

열음이는 신기해하며 빛나 엄마의 손을 따라 눈동자를 옮기느라 바빴다.

"빛나 엄마는 어쩌면 그렇게 동작이 빨라요?"

엄마 말에 빛나 엄마가 대답하며 씩 웃었다.

"저요? 전 어려서부터 엄마 밑에서 집안일을 엄청 많이 했어요."

역시 맛있는 요리를 여럿이 함께 먹는다는 건 기분 좋은 일임에 틀림이 없었다.

밥을 태운 엄마의 일로 잠시 속상했던 기분은 디저트로 먹은 딸기 아이스크림처럼 금세 살살 녹아내렸다.

설거지를 마친 후, 빛나 엄마가 손뼉을 치더니 식탁 아래에 있던 쇼핑백을 들어 보였다.

"빛나야, 열음아. 열음아, 빛나야. 너희들에게 줄 깜짝 선물을 준비했단다. 뭐게?"

열음이와 빛나가 눈을 반짝이며 다음 말을 기다렸다.

"너희들의 신체 변화와 관련된 선물이야. 우리 두 엄마들이 인 터넷 쇼핑몰에서 골랐고, 나는 우리 사무실에 도착한 이 선물 을 갖고 온 거예요."

"우린 데크에 나가 차를 마시고 있을 테니, 여기서 둘이 풀어 보렴. 무얼까? 호호."

엄마와 빛나 엄마가 차를 한 잔씩 들고 야외 데크로 나갔다. 거실문은 열려 있었다.

"빛나 엄마. 내게는 큰 고민이 있어요."

소곤소곤 말하는 엄마의 말에, 쇼핑백에서 선물상자를 꺼내 려던 열음이의 손이 멈춰 버렸다.

'혹시 엄마는 정말 치매환자 초기 증상?'

"나는 밥을 너무 자주 태우곤 해요. 빛나 엄마는 음식 태워 본 적 있어요?"

엄마의 목소리는 점점 더 심각해져 갔다.

"전 태워 본 적은 없지만, 그럴 수도 있는 일 아네요?"

"난 정도가 심한 거 같아요. 밥솥이나 냄비를 가스 불에 올려
놓고 늘 다른 일에 폭 빠져 까맣게 잊어버리는 거예요."

"왜 압력밥솥이나 전기제품을 사용하지 않지요? 그러면 태울
일은 없잖아요?"

빛나 엄마는 엄마의 얘기를 진지하게 들어 주고 있는 거 같
았다.

"난 덜그렁 덜그렁, 핑핑 빠르게 돌아가는 소리가 무섭고 불안
해서 싫었어요. 금방 터져 버릴 것만 같거든요."

열음이는 빛나의 손을 잡고 데크 한쪽 구석으로 살금살금 나
갔다.

"충분히 그럴 수 있어요. 그래서 압력솥 같은 거 안 쓰는 사람
들도 많다고 해요."

"아, 빛나 엄마. 그런 제품들을 안 쓰는 데는 내게 또 다른 이
유도 있어요."

"또 다른 이유라면?"

엄마가 차를 한 모금 마시곤 말을 이어 갔다.

"우리 엄마는 몸이 아주 약하셨어요. 그런데도 엄마는 역시 몸

이 약한 날 위해 꼭 아궁이에 불을 때서 밥을 해 주셨지요. 고슬고슬, 따순 밥을 해서 딸에게 먹이고 싶어 하셨던 거 같아요."

"부러워요. 우리 엄만 내게 일만 시켰어요."

빛나 엄마도 조용히 심호흡을 하며 차를 따라 마셨다.

"난 아궁이 앞에 앉아 책을 읽곤 했어요. 그러면 엄마는 큰 소리로 읽어 달라며 환하게 웃으셨는데, 엄마는 눈병이 깊어 거의 실명상태였거든요."

"아이고나, 어쩌면 좋아요?"

엄마도 빛나 엄마도 한동안 말문을 이어가지 못했다.

열음이는 외할머니가 그저 몸이 약하셔서 일찍 돌아가신 줄만 알고 있었다.

"엄마는 곧 돌아가셨어요. 난 지금도 잊지 못하고 있지요. 타닥, 타닥, 소리를 내며 솥 안에서 밥이 익어가는 소리를요. 밥솥에 귀를 대고 그 소리를 듣곤 했지요."

"엄마를 향한 그리움이네요? 그건 모녀간의 깊은 사랑의 끈이잖아요?"

"우리 열음이에게도 그런 밥을 해 주고 싶었어요."

열음이가 귀를 쫑긋했다.

"그런데 말예요, 내가 계속 밥을 태우는 거예요. 가스 불 앞에 오래 서 있을 수가 없어 고새 밖에 나갔다 오기도 하고, 책을 읽고, 전화하다 보면 번번이 까맣게 잊고 말아요. 영영 돌아오지 않던 망부석 같은 엄마처럼 모든 게 그대로 멈춰 있을 것만 같아요."

"그런데도 열음이에겐 계속 엄마와의 추억이 서린 따순 밥을 해 주고 싶은 거구요?"

빛나가 열음이 어깨를 툭 치며 엄마에게 가 보라는 눈짓을 했다.

열음이가 주춤주춤 다가서선 수줍게 엄마를 안으며 말했다.

"엄마, 사랑해. 그런 줄도 모르고 짜증 내고 화를 내서 미안해."

"우리 딸아, 미안해. 앞으론 밥하다 말고 딴 데 한눈 팔지 않을
께."

"엄마, 가끔 밥 태워도 괜찮아. 내 엄마니까. 아빠도 누룽지 좋
다고 하셨잖아?"

엄마가 눈물을 글썽이며 훌쩍 콧물을 들이마셨다.

"열음이 엄만 꿈이 너무 많아요. 전 오히려 부러운 걸요? 늘 깨
어 있고자 하는 거잖아요?"

"아, 참. 열음아, 우리 엄마들이 해 준 선물 보러 가자."

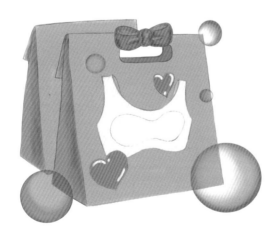

"맞아."

둘이 앞을 다투어 거실로 들어서는데,

"그거 예쁜 브래지어야. 너희들도 한 뼘씩 커 가니까 우리 엄
마들을 이해해 주어야 해. 그럴 거지?"

하는 소리가 경쾌하게 들려 왔다.

어느새, 푸른 별들이 하나둘 떠올라 산골짜기의 밤하늘을 수
놓아가기 시작했다.

분홍 구름

산골짜기 야트막한 곳에 작은 집들이 생겨 갔어요.

한 채, 두 채, 집들이 모여 마을을 이루어 갈 무렵이었어요.

풀들이 잔디처럼 연두 빛을 띠어가기 시작하자 그 중 가장 큰 집의 주인이 명령하듯 힘주어 말했어요.

"제초제를 뿌립시다."

그러자 풀 뽑기 싫어하는 사람이 응원의 박수를 보냈어요.

"짝짝짝."

봄 하늘의 아름다운 구름을 쳐다보며 천천히 산책하던 할머니와 할아버지가 눈을 크게 떴어요.

"안돼요!"

"숲속에 풀 죽이는 약을 뿌리다니….""

할머니와 할아버지가 한 숨에 큰 소리로 말했어요.

그렇게 해서 숲속 마을길에 제초제 대신 온갖 꽃들이 피어나고 나무들이 자라기 시작했어요.

맨 먼저 할머니가 좋아하는 라일락을 심었고, 그 다음으로 어릴 적 집 뒤울안과 집 앞에 마주 서 있던 두 그루가 생각난다며 할아버지가 은행나무를 심었어요.

이른 아침이면, 할아버지 할머니의 주문을 받은 나무사장이 트럭에 나무를 싣고 와 곳곳에 심으며 싱글벙글했지요.

"할머니, 전에 선생님 하셨다문서요? 무슨 선생님이셨어요?"

"음악을 가르쳤다오."

"아, 네. 할아버지는 박사님이시구요?"

"허허."

갖가지 꽃모종을 실은 빨간 오토바이도 부릉부릉 올라오느라 봄 내내 바빴어요.

봄에 씨 뿌린 메밀꽃이 필 무렵부터 나비들이 날아 와 하얀 꽃 위를 오르내리며 춤을 추네요.

"나비 나는 모습이 꼭 실로폰을 동당이며 노는 거 같군요. 호호."

"곧 꿀벌들두 날아들 거요."

옮겨 심은 나무들도 잘 자라주어 저마다 잎새들이 푸르러져 마을은 초록들의 향기로 더욱 싱그러워져 갔고, 크고 작은 꽃들

은 온갖 색깔로 서로 반겨 주었어요.

"알록달록 키 작은 채송화꽃을 보면 옛날 우리 집 안마당 꽃밭
이 생각나서 웃음이 절로 나요."

할머니가 채송화꽃처럼 예쁘게 미소 지었어요.

"그러고 보면 우린 '추억'을 심고 가꾸는 거구먼요?"

파랗고 긴 장화를 신은 할아버지가 어깨에 삽을 메고 옥수수
밭 쪽을 향해 성큼성큼 걸어갔어요. 노란 장화를 신은 할머니도
종달새마냥 노래를 부르며 할아버지 뒤를 따라 갑니다.

어디선가 갓 태어난 듯한 작은 새들도 날아 와 나뭇가지와 가
지 사이를 건너다니며 노래를 부르네요.

"참 신기하기도 하지요. 나비와 꿀벌과 새들은 어떻게 알고 새
로운 곳을 찾아다닐까요?"

"모든 생명들이 어울려 사는 게 아니겠소? 서로 주고받으면서
말이오."

멀어져 가는 할머니와 할아버지의 정겨운 뒷모습이 보기 좋았
어요.

둘씩, 셋씩, 사람들이 집에서 나와 꽃구경을 하기 시작합니다.

"역시 마을과 집은 꽃과 나무가 있어야 해. 눈도 마음도 환해
져 가는 걸?"

"꽃과 나무가 있으니 새들이 날아와서 노래를 하는구나."

이제 더러는 땅에 쪼그리고 앉아 풀을 뽑기도 하네요.

멀게, 가깝게, 할머니 할아버지의 이야기 소리가 들려옵니다.

"풀 한 포기 없다는 아프리카 사막 사람들이 생각 나 마음이
아파요."

"사막에 물을 날라다 줄 수 있으면 좋으련만….."

날아다니던 새들이 쫑긋 귀를 열고 이 얘기를 들었어요.

나비 떼들도 멈칫 꽃 위에 앉아 이 얘기를 들었어요.

언제 왔는지 꿀벌들도 꽃잎 속에서 잉잉 꿀을 빨아 모으며 이
얘기를 들었어요.

한 마리 새가 말했어요.

"엄마 아빠 새가 말해 주었지. 이 세상엔 물이 없어 나무와 꽃
이 자랄 수 없는 곳이 많대."

"마실 물이 없어 죽어가는 사람들도 많다는 걸?"

늙은 왕 꿀벌이 잠시 먼 하늘을 보았어요.

"어머나, 가엾어라. 난 이제 새로 태어나 그런 얘긴 첨예요! 근
데 우리가 힘을 합치면 할 수 있는 일이 없을까요?"

폴폴 날아다니던 나비도 얌전하게 꽃 위에 앉아 주변을 돌아
보며 물었어요.

"글세~에?"

새들과 꿀벌들과 나비 떼들은 하던 일을 멈춘 채 저마다 턱을

괴고 생각하기 시작했어요.

그러다가 모두 고개를 살래살래 저었어요.

"안돼. 우리가 무슨 일들을 할 수 있겠어?"

고개가 축 늘어졌어요. 꽃과 나뭇잎들도 바람에 흔들리지 않고 조용히 있네요.

"누군가 말했었지. 사막 모래벌판에도 물 한 바가지씩 갖다 계
속해서 부어주면 오랜 세월이 지난 후 작은 생명들이 꿈틀대
지 않겠냐고 말야."

오래 살아 생각이 더 깊은 왕 꿀벌이 나지막이 말했어요.

모두 눈을 반짝이며 날갯짓을 합니다. 힘이 나는가 봐요.

"우리에겐 날개가 있어요. 우리 모두 함께 한 모금씩 입에 물
고 날아가 봐요."

철부지 나비의 의견에 모두 웃었어요.

"우리가 사막 그 먼 데까지 갈 수 있어?"

"계속 생각하면 무슨 방법이 나오지 않을까? 계속, 계속 말이
야."

오랜 시간이 지나고 또 지나가도록 모두 생각에 잠겼어요.

어느덧 저녁 해가 뉘엿뉘엿 저물어 갑니다. 그러자 서쪽 하늘
을 수놓고 있던 분홍 구름이 천천히 흘러가기 시작했어요.

무늬 져 흐르는 갖가지 모양이 너무 너무 신비로웠어요.

"그래, 맞아. 저 아름다운 분홍 구름에게 전해 달라고 부탁해
 보자."

"구름은 세상 어디든지 갈 수 있을 테니까."

"우리 모두 한 모금씩 입에 물고 분홍 구름을 향해 날아 올라
 가 보자."

"그래. 분홍구름은 우리의 정성을 예쁘게 보아 줄 거야."

"내일도, 모레도. 분홍 구름이 사막에 비를 내릴 때까지."

 분홍 구름도 새들과, 나비 떼들과, 꿀벌들의 속살거림을 들었
는지 빙긋 웃으며 내려다보고 있는 듯하네요. 🌸

수리 부엉이

스윽, 꽃집 문을 열고 들어갔다.

"어머, 너의 아들이야? 해리포터같이 생겼네? 호호."

앞서 들어간 엄마를 향해 꽃집 아줌마가 말하며 환하게 웃었다.

"응, 우리 아들이야. 근데 홍아, 바로 안 들어오고 뭘 처다봤어?"

"간판. 아줌마, '다향촌'이란 말이 무슨 뜻예요?"

"선희야, 너의 아들 예사롭지 않네?"

싱크대 쪽으로 가는 아줌마 대신 엄마가 대답해 주었다.

"엄마 친구니까 이모라고 불러. '차와 향기가 있는 곳'이란 뜻이야. 이 이모는 꽃과 차를 너무너무 좋아하거든."

"'다향촌' 이름이 좀 딱딱해 보여요."

홍이는 툭 던지듯 말하곤 꽃집 안을 둘러보기 시작했다.

"얘, 너의 아들 덕분에 간판이름 바꿔야겠구나?"

꽃집 이모와 엄마는 차를 마시며 꽃과 차 이야기로 웃음꽃을 피워 갔다.

"와, 꽃집 이모. 여기에 부엉이들은 왜 있어요? 이 부엉이들도 팔아요?"

선반에 크고 작은 부엉이들이 올망졸망 열을 지어 서 있었다.

"역시 홍이는 해리포터처럼 호기심도 많구나? 부엉이를 집안에 두면 재물이 들어온대나? 그래서 그런지 요즘 부쩍 많이 찾아."

"재물? 왜?"

엄마가 차를 마시다 말고 벌떡 일어나 선반 위에서 부엉이를 내려 요리조리 살펴보며 물었다.

"부엉이는 부지런해서 무엇이든 먹이를 구해다가 쌓아둔다는 거 같아. 서양에선 지혜를 뜻한다지?"

"난 첨 듣는 얘기야. 나무를 깎아 만들었나 봐?"

"응. 하나하나 비늘처럼 깎아내려 만드는 정성이 깃들어 더 좋다네?"

"그럼 더 비싸겠지? 호호."

"요건 찍어낸 도자기에 알록달록 색을 칠한 건데, 당연 나무

부엉이가 좀 더 비싸지."

꽃집 이모가 가리킨 선반 위 부엉이를 쳐다보던 홍이는 나무 부엉이를 집어 들고 앞뒤를 돌려가며 보았다. 손칼로 깎은 듯 부엉이의 몸체는 꽃집 이모 말대로 잔잔한 무늬를 이루고 있어 홍이는 신기했다.

"홍아, 그게 맘에 들어? 역시 눈이 보배야. 내 친구 아들이니 이모가 선물할까?"

"어머, 무슨? 내가 사야지."

엄마가 눈을 동그랗게 뜨며 손사래를 쳤다.

"괜찮아. 너의 아들, 너무 멋져서 선물하고 싶어."

꽃집 이모가 선반 위에서 나무 부엉이 한 개를 더 내렸다.

"암수 한 쌍이야. 키가 좀더 크고 호리호리해 보이는 요건 숫 부엉이고, 요 키가 작달막하고 뚱뚱해 보이는 건 암부엉이야. 홍아, 예쁘게 포장해 줄게."

"고맙습니다."

안절부절, 못내 안타까워하는 엄마 대신 홍이가 꾸벅 인사를 하자 꽃집 이모가 방그레 웃어 주었다.

"홍이가 5학년이지? 우리 딸 늘봄이도 같은 학년이야."

"아, 그렇구나. 우리 아들 크는 것만 생각하고, 너의 딸 크는 건 생각 못했네?"

"홍이랑 늘봄이랑 둘이 친구하면 좋겠다."

반짝, 홍이 눈이 빛났다.

"아줌~, 아니, 이모처럼 인상이 좋아요?"

"어쭈? 낯간지럽다, 얘."

엄마와 이모가 깔깔거리며 웃었다.

"보는 눈은 있어 가지고…."

꽃집 안의 꽃들도 덩달아 웃느라 그러는지 살랑거렸다.

갑자기 엄마가 손뼉을 치며 말했다.

"아, 좋은 생각이 있어. 낼모레 홍이가 국립중앙박물관에 가

보고 싶대서 가려 하는데 늘봄이도 함께 가면 어떨까? 홍아, 넌 어때?"

홍이가 쑥스럽다는 듯이 머리를 긁적이며 고개를 끄덕였다.

"정말? 늘봄이도 좋아할 거야. 우리 딸, 역사에 아주 관심이 많거든."

"잘됐네? 홍이는 제 방 벽에 크게 뭐라고 써 놨는지 아니? 홍아, 네가 직접 말해 봐."

"「나라는 몸과 같고, 역사는 혼과 같다.」"

"야, 근사하다. 홍이는 미래의 역사학자네? 우리 늘봄이랑 좋은 친구가 될 거 같아."

"잘됐네, 친구도 생기고."

"아, 삼청동에 부엉이박물관도 있다던데 수리부엉이가 우리 옛 조상 역사와 관련이 깊다는 얘기도 들었어. 거기도 가서 보면 신기한 부엉이들이 많이 있을 거야."

"부엉이박물관이요? 거기도 가 볼래요."

지하철 입구에서 한 여자애가 이쪽저쪽 고개를 돌려 누군가를 찾고 있었다. 한눈에 늘봄이라는 걸 알았다. 홍이가 달려갔다.

"늘봄?"

"응. 너, 홍이?"

"나이스 밋츄!"

홍이가 씨익 웃으며 지하철 계단으로 내려갔다.

"역사에 관심이 많대서 기뻤어."

늘봄이가 뒤따라 내려오며 작은 소리로 말했다.

"나도."

"너의 엄마가 갑자기 바쁜 일이 생겨서 못 오시고, 이따 박물관 구경 마칠 때쯤 너의 아빠가 데리러 오실 거라며? 아침에 엄마한테서 들었어."

"응. 늘봄아, 넌 여기 중앙박물관에 몇 번쯤 와 봤니?"

홍이가 계단 아래에서 올려다보며 물었다.

"우린 지방에서 살다 와서 자주 와 보진 못했어. 넌?"

"난 좀 많이 와 봤지. 집도 가깝고 해서 말야."

홍이는 길을 잘 모른다는 늘봄이를 챙겨 주며 국립중앙박물관 쪽으로 가는 파란색 선을 따라 지하철을 탔다.

"홍아, 넌 친절하구나? 첨엔 무뚝뚝한 거 같더니…."

몇 정거장 지나 지하철에서 내리며 늘봄이가 말했다.

홍이는 짐짓 못들은 체 대꾸도 하지 않고 앞장서서 걸으며 혼자 싱긋 웃었다.

혼자서도 몇 번 와 봤는데, 둘이 함께 가는 것도 나쁘지 않았다. 지하철에서 내린 후 긴 길을 걸어 대나무 숲길을 지나 박물관 앞에 도착했다.

둘이는 언제나 돈을 내지 않아도 들어갈 수 있다는 무료 상설 전시장 안으로 들어갔다.

"전에 왔을 때 엄마랑 아이스크림 먹은 적 있었어."

"늘봄이 너랑 맛있는 거 사먹으라고 엄마가 돈을 줬거든. 이따 내가 사 줄게."

"어? 나도 엄마한테 세종대왕 두 장이나 받아왔는데? 히히, 우리 부자다. 근데, 우리 먹을 생각부터 하는 거 아니니?"

""금강산도 식후경! 먼저 3층부터 보며 내려오는 건 어때? 신안해저유물이 전시돼 있는데, 우리 외삼촌이 만화 그려보고 싶대서 나도 궁금해."

"너의 외삼촌, 만화가야?"

늘봄이가 화들짝 놀랐다.

"아니, 아직은 만화가 지망생이야."

"좋아. 올라가 보자."

에스컬레이터를 타고 3층으로 올라가 '중국실'과 '일본실'을 지나 '신안해저문화재' 전시실로 들어갔다.

"오늘은 3층에서 여기만 보고 1층에 가서 한 바퀴 돌며 보다 보면 아빠가 차 갖고 오실 거야."

"그래. 난 삼청동에 있다는 부엉이박물관도 정말 궁금해."

'수리부엉이가 우리 역사와 무슨 관련이 깊다는 걸까?'

홍이는 속으로 생각했다.

"홍아, 여기 신안선 발굴이 설명돼 있네? 우리 각자 읽어 보자."

- 1975년 8월 어느 날, 신안 앞바다에서 한 어부가 끌어 올린 그물에 청자 꽃병 등 6점의 도자기가 올라왔다. 1323년 원나라에서 엄청난 수량의 무역물을 싣고 가던 중 침몰했다가 652년 만에 모습을 드러낸 것이다. 발굴품은 모두 2만 4천여 점, 입수한 도굴품 2천여 점으로 해서 총 2만 6천 여 점에 달한다. 종류별로는 도자기, 금속품, 자단목, 목공예품, 향신료 등 다양하다.

한 칸, 한 칸 둘러볼 때마다 늘봄이는 감탄을 하느라 바빴다.

"그러니까 저게 다 중국산인 거네? 와, 정말 어마어마하다. 없는 게 없네?"

"배 길이가 34미터나 된다니 상상이 안 된다. 저걸 싣고 일본으로 가다가 하필 우리나라 바다에서 침몰했다니 중국 사람들 얼마나 배 아팠을까? 늘봄아, 이제 빨리 1층에 가자."

"전에 많이 와 봤다며?"

"보고 또 봐도 역사라는 게 하도 복잡해서 이해가 잘 안 된단
 말이지."

홍이가 절래절래 머리를 흔들었다.

다시 1층으로 내려 와 둘이는 구석기 시대와 신석기 시대 전
시실로 갔다. 표지안내판에, 구석기 - 신석기 - 고조선 - 부여라
적혀 있었다.

"늘봄아, 우리 구석기 시대부터 보자."

"좋아."

유리로 된 전시대 앞으로 바싹 다가서서 안에 있는 전시 유물
을 들여다보았다.

늘봄이가 속삭였다.

"홍아, 난 언제나 궁금한 게 있어."

말없이 돌아보며 홍이가 또, 왜? 하는 표정을 지었다.

"어떻게 이런 작은 돌멩이들을 눈으로 보고 구석기 시대에 사
 용하던 뗀석기라는 걸 알아낼 수 있을까?"

"맞아. 나도 궁금하고 신기해."

홍이가 맞장구를 쳤다. 그때였다.

"여긴 고대 전시실이야."

홍이 또래만한 남자애와 대학생 같은 형이 옆에 와 말을 주고
받았다.

"삼촌, 요 쬐끄만한 돌멩이들은 다 뭐야?"

"으응, 구석기 시대 때 연장으로 쓰던 돌들이라고 하는 건데,
이건 우리나라 게 아냐. 다아, 일본에서 가져온 거야."

그러곤 팔랑개비처럼 옆으로 건너 뛰어가서 전시물을 손가락
질하며 속살거리기 바빴다.

"진짜 맞아? 저 오빠 말이?"

"어후, 너까지?"

홍이가 주먹을 부르쥐었다.

"그치? 아니지?"

늘봄이가 헐렁헐렁 다른 전시실로 가고 있는 두 사람 쪽으로
가서,

"저어, 오빠. 저 구석기 시대 유물이요, 일본에서 가져온 거 아
니잖아요?"

하고 조심스럽게 말했다.

"응? 아아, 저거 일본에서 온 거 맞아."

"정말요?"

"교과서에 다 나와 있어요오."

그러더니 남자 애 손을 잡고 후루룩 가 버렸다. 홍이가 쫓아가
려고 몇 걸음 가다가 되돌아오며 늘봄이에게 퉁박을 주었다.

"야, 늘봄아. 그렇게 자신 없게 말하면 어떡하냐?"

"저 오빠 말이, 교과서에 다 나와 있다고 하니까….."

자라목을 한 늘봄이 손을 잡아끌어 전시된 유물 박스 앞에 붙여놓은 설명문을 읽었다.

"자, 봐. 구석기 시대는 인류가 도구를 만들고 불을 이용하기 시작하면서 이루어 낸 최초의 문화단계이다. 한반도와 그 주변 지역에서 사람들이 살기 시작한 것은 플라이토세 중기로 추정된다."

늘봄이가 옆의 설명글을 이어 읽어 갔다.

"구석기 시대 사람들은 돌, 나무, 동물의 뼈와 뿔 등을 이용하여 생활에 필요한 도구를 만들었다. 와아, 그 시절에 이미 망치도 있었네?"

"여기 이 돌들이 어디서 출토됐는지도 다 설명이 되어 있고만. 봐봐. 대전 용호동, 경기 파주 금파리, 전남 순천 죽내리, 충북 단양 수양개….."

"저 오빠, 순 엉터리다."

"이제 좀 확신이 드냐? 우리 한반도의 구석기인들이 얼마나 훌륭한 기술을 갖고 있었는지 말야."

"홍아, 저 오빠보다 네가 훨 나아. 인정!"

늘봄이가 손바닥을 펼쳐보이자 홍이도 마주 내밀어 짝짝짝 소리 나게 부딪쳤다.

"홍아, 우리 다 보고 나서 아이스크림 사 먹는 거 어때? 내가
한 턱 쏠게."

"내가 사 준댔잖아? 어쨌든 좋아."

한참 후, 밖으로 나와 아이스크림을 사 먹으며 광장을 뛰어 다
녔다. 혀끝에서 사르르 녹는 아이스크림 맛은 달콤했다.

"외삼촌이 보라고 한 '신안해저유물전'도 보았니?"

아빠가 백미러로 뒷자리를 향해 넘어다보며 물었다.

"네, 굉장했어요. 발굴품이 24,000점이나 되구요, 또 도굴꾼들
이 훔친 거 되찾은 것만 해도 2,000점이 넘는대요."

"아, 그래? 늘봄이가 아주 꼼꼼하게 보았구나?"

"근데요, 어떤 대학생 같은 오빠가 구석기 전시실에서요, 구석
기 시대 유물은 우리나라에 없는 건데 다 일본에서 가져온 거
라고 해서 엄청 속상했어요. 아저씨, 그건 아니죠?"

"그럼, 아니고말고."

"참, 큰일이에요. 역사를 엉터리로 알고 있는 사람들이 너무
많아요."

홍이가 볼멘소리를 하며 몸을 뒤로 제꼈다.

"아빠가 인터넷 검색을 해 봤는데, 부엉이 중에서도 수리부엉
이는 새 중에서도 전 세계에서 가장 큰 새라고 하는구나. 몸

길이는 자그마치 70센티인데다 날개를 펴면 190센티나 된다
하니 한 번 상상을 해 보렴. 하늘을 날아오르는 멋진 수리부
엉이를 말야."

"와아, 그럼 날개가 2미터 가까이 된단 얘기네요?"

"지금 가는 박물관에도 모형 수리부엉이가 있다는구나?"

"어디 한 번 가 보자!"

"수리부엉이를 찾아서!"

아빠는 도로를 씽씽 달렸고, 가로수들도 휙휙 지나갔다.

기와를 얹은 긴 담장 앞면에 「부엉이박물관」이란 간판이 붙박
여 있었다. 허리 양 옆이 불룩하게 나온 부엉이는 배의 앞면이
하얘서 얼핏 보면 바다의 멋쟁이인 펭귄 아저씨 같아 보이기도
했다. 아빠는 근처에 차 주차를 하고 오기로 하고 홍이와 늘봄
이는 표지판을 따라 좁고도 좁은 골목길을 올라갔다.

드디어 골목 끝 오른 쪽 작은 집에 부엉이박물관이 있었다. 박
물관이라곤 하지만 아까 갔던 국립중앙박물관하곤 비교도 되지
않았다. 빼꼼이 문을 밀고 들어가 보았다. 안이 그리 환해 보이
진 않았다.

"동굴 같아."

늘봄이가 소곤거렸다. 둘이 잠시 머뭇거리고 있는데,

"얘들아, 안 들어가고 뭐해?"

하며 아빠가 성큼 안으로 들어섰다.

"어서 오세요."

머리가 하얀 할아버지가 돋보기를 쓰고 책을 보다가 일어나며 불쑥 손을 내밀었다. 모두 눈을 둥그렇게 떴다.

"입장료는 오천원씩이고, 커피나 음료수는 그냥 드립니다. 여기는 외국인들이 많이 오는 곳이라, 하도 돈을 많이 떼어서 미리 받아요."

성급한 할아버지 같아 보였지만 솔직한 분 같았다.

"오래 된 한옥을 이렇게 개조하셔서 그런지 아주 멋지군요."

아빠가 입장료를 내며 휘이 둘러보았다. 홍이도 늘봄이도 벽과 천정을 번갈아보며 연달아 감탄을 했다.

"할아버지, 세상의 부엉이는 여기 다 모여 있는 거 같아요."

늘봄이는 팔짝팔짝 뛰며 좋아했다.

"주인아주머니께서 3,000여 점을 수집해서 전시하고 계시다더니 정말 대단하시네요?"

"우리 집사람이 중학교 2학년 때 경주로 수학여행을 갔는데, 기념품으로 부엉이를 사왔답니다. 그때부터 부엉이가 좋아 어디를 가든 부엉이를 구해 와 이렇게 많아졌어요. 지금도 부엉이 사러 먼 데 갔지요. 허허."

하얀 부엉이, 노란 부엉이, 왕자님 머리 위에 날개를 편 부엉이 등 온갖 모양과 색을 지닌 크고 작은 부엉이들로 빼곡 차 있는데 표정들도 모두 색달랐다.

그때 둥근 기둥 뒤에서 한 아저씨가 모습을 보이며 손짓을 했다.

"얘들아, 이쪽으로도 와 봐."

"왜요? 아저씬 누구세요?"

"아, 이 분은 세계를 다니며 부엉이 연구를 하시는 역사학 박사님이구먼."

할아버지가 음료수 컵을 들고 다가오며 소개를 했다. 아저씨는 키가 아주 커서 높이 올려다보아야만 했다.

"내 뒤를 한번 보렴. 유난히 큰 날개를 가진 부엉이가 보이지?"

아저씨가 가리키는 손길에 따라 눈으로 좇던 홍이는 후욱 숨이 멎는 듯했다.

길게 양 쪽으로 날개를 펼친 커다란 부엉이는 금방이라도 높은 천정을 뚫고 하늘을 날아오를 듯했다. 금빛으로 빛나는 두 개의 눈알은 세상의 무엇이라도 꿰뚫어 볼 것처럼 에리해 보였다.

'신령스럽다.'

"한 박사. 한창 자라나는 아이들도 왔으니 예 앉아서 아직 잘 알려지지 않은 우리의 옛 역사도 좀 들려주시오."

할아버지가 테이블 곁에 의자를 끌어 당겨주었다.

"너희들, 환웅이라는 말 들어 보았겠지?"

아빠에 이어 홍이와 늘봄이도 의자를 찾아 제각기 앉았다.

"박사님. 단군신화에 나오는 바로 그 환웅이요? 수리부엉이와
　무슨 연관성이 있나요?"

아빠의 물음에,

"이제 단군신화라고 하지 말아야 해요. 올바른 역사의 사실로
　서 바라봐야 우리 역사를 이해할 수 있게 돼요. 신화로 보면,
　그저 곰과 호랑이가 굴속에서 쑥과 마늘을 먹다가 참을성이
　없는 호랑이는 뛰쳐나와 멀리 달아나고 곰만이 견뎌내어 환
　웅과 혼인했다 하는 이야기는 우리 역사를 제대로 보지 않은
　낭설일 뿐입니다."

하며 또 다른 말을 이어가려 했다. 홍이가 참지 못하고 아빠 질
문을 확인하듯이 다시 물었다.

"그럼 수리부엉이가 환웅과 어떤 연관이 있긴 한 거예요?"

"환웅은 새토템족의 지도자였지. 환웅을 상징하는 새는 바로
　수리부엉이고 말야. 모든 토템신앙은 '자기 집단의 정체성을
　밝히는 기능'을 갖고 있는데, 새토템족인 환웅족은 새 중에서
　가장 으뜸인 수리부엉이를 택했을 테지?"

"학교에서 배운 거랑 달라요. 아저씨 말씀대로 환웅은 하늘에
　서 내려 와, 쑥과 마늘을 먹고 견뎌 사람으로 변한 곰과 결혼
　한 거라고 했어요."

늘봄이가 교실에서처럼 손을 번쩍 들어 보이며 말했다.

"쑥과 마늘을 먹고 사람이 되다니 말이 되나? 그건 수양과 정
진을 통해 도의 깨달음을 얻어야 한다는 깊은 뜻으로 생각해
야 해. 수리부엉이는 깊은 산속 암벽이나 무성한 나무숲에서
혼자 있기를 좋아했는데, 말하자면 요샛말로 조용히 생각하
고 싶어 하는 사람들과 코드가 맞았던 셈인 거지."

홍이는 곰곰 생각하더니 늘봄이처럼 손을 번쩍 들었다.

"박사님, 그럼 호랑이는 어디로 갔을까요?"

아저씨가 가방을 챙기던 걸 멈추지 않은 채 설명해 주었다.

"하늘에서 내려온 환웅 한 명, 호랑이 한 마리, 곰 한 마리로 인
식할 게 아니라 부족집단으로 보면 얼른 이해가 되겠지? 새토
템족의 우두머리인 환웅과 곰부족, 호랑이부족 집단이 힘겨
루기를 하다가 서로 뜻이 같지 않아 호랑이부족은 갈라선 거
지. 오케이?"

늘봄이가 먼저 고개를 끄덕였다. 홍이는 아는 만큼 복잡한 생
각도 많아선지 여전히 고개를 갸우뚱거렸다.

"이제 그만 가시게?"

"네, 아주머니가 부엉이작품 새로 구해 오시면 구경하러 올 테
니 연락 주십시오. 애들아, 역사공부 열심히 해야 우리나라가
힘센 나라가 된다는 거 알지?"

아빠가 문밖까지 쫓아나갔다 돌아오며 못내 아쉬워했다.

"식사라도 대접해 드리려 했는데 삽시에 가버리시네요?"

할아버지와 아빠는 그새 정이라도 들었는지 눈빛들이 부드러워 보였다.

계속 고개를 갸웃거리던 홍이가 할아버지에게로 다가갔다.

"환웅은 왜 수리부엉이를 상징새로 택했을까요? 박사님 말씀
대로, 코드가 맞아서요?"

할아버지는 고놈 참, 하는 표정을 지어 보이며 아까 아저씨가
서 있던 쪽으로 가 수리부엉이 앞에 섰다.

"봐라, 젤로 큰 새인데다 늠름하고 부리부리 용맹스러운 눈빛
을 가졌으니 환웅 눈에 어찌 안 띄었겠누? 초능력의 뛰어난
시력을 가진 큰 눈으로 깜깜한 밤중에라도 아주 멀리까지 볼
수 있었다는구나. 청각도 으뜸이고…."

"인터넷에서 보니, 새는 신과 소통하려는 인간의 욕구를 가장
잘 반영해 준 매개물이라고 하더군요?"

"그렇지, 그렇지요. 얘들아, 상상해 보아라. 넓은 들판이나 높
은 산 위에서 멀리 하늘을 향해 날아오르는 수리부엉이의 날
개가 얼마나 멋졌을꼬?"

할아버지는 시인 같았다,

"그러니까 수리부엉이는 우리의 멋진 조상새라고 할 수 있겠
네요? 그렇지, 홍아?"

하지만 아까부터 홍이는 말이 없었다.

"엄마가 너 보고 해리포터같이 생겼다고 했는데, 흐음, 과연
지금은 고뇌하는 해리포터?"

그래도 홍이는 아무 대꾸도 하지 않았다. 늘봄이가 옆구리를
쿡쿡 찔러도 반응이 없는 걸 보면 홍이는 어쩌면 이미 수리부엉
이 날개를 타고 하늘을 나는 상상을 하고 있는지도 몰랐다. 아니
면 넓은 들판 한가운데에 서 있는 큰 나무 아래에서 곰족들과 어
울려 사는 환웅에게 머리를 조아리고 있을는지도 모를 일이다.

"너희들, 오늘 머리 근수 좀 달아봐야겠다. 역사공부를 하도
많이 해서 엄청 무거워졌을 거야, 하하. 자, 맛있는 거 뭐 먹
을까?"

"앗싸아, 짜장면이요!"

저 먼 꿈에서 언제 깨어났는지 홍이가 먼저 앞장을 서자, 늘봄
이도 뒤따라 달려 나갔다.

아, 엄마가 온다

예순이는 산 아래 외딴집에서 엄마와 단둘이 삽니다.

예순이 아빠는 예순이가 여섯 살이던 재작년에 세상을 떠났습니다.

그해 늦여름, 며칠 동안 밤낮으로 퍼부어댄 장마 때문에 그만 산사태가 나서 예순이 아빠는 굴러내린 돌덩이를 옮겨 나르다가 사고를 당하고 만 것입니다.

금방 돌아온다던 예순이 아빠였지요.

"봄내 가물더니 가을 문턱에 웬 난리라냐? 재작년 때보다 더 심한 거 같어."

예순이 엄마는 방문을 열고 나가 툇마루에 서서 까만 하늘을 쳐다보며 중얼거렸습니다.

예순이도 방문턱에 앉아 엄마를 따라서 고개를 빼물고 하늘을 올려다봅니다. 이제 비가 좀 그쳤으면 좋겠습니다. 노란 해바라기꽃 같은 해는 언제쯤이나 둥실 떠오를까.

"아악!"

예순이가 기절할 듯이 외마디 소리를 질렀습니다.

번쩍! 번개가 대낮같이 불을 밝혔어요.

우루르 꽈아앙! 천둥소리가 귀를 찢을 듯 요란했어요.

쿠르륵 타악! 멀리서 벼락치는 소리도 들려왔어요. 어디선가 굵은 나뭇가지가 크게 부러졌을 것만 같습니다.

"엄마, 무서워어."

예순이가 덜덜 떨었습니다. 예순이 엄마도 문지방에 걸려 채일 듯 급하게 뛰쳐 들어왔습니다.

"꼭 재작년 같구나. 큰일이네. 이제 먹을 것도 떨어져 가는데…."

천둥소리에 엄마의 애타는 소리가 들릴 듯 말 듯 작게 들려도 예순이 귀에는 먹을 것이 떨어져 간다는 소리가 또렷하게 들려왔지요.

'먹을 것이 없으문 어떡하지?'

가슴이 철렁 내려앉는 듯했습니다. 장대비는 사정없이 계속 퍼붓고 있습니다.

"예순아. 무서워도 이불 푹 뒤집어 쓰고 그만 자."

"잠이 안 와."

"그래도 자아."

예순이는 눈을 꾸욱 감았습니다. 하지만 눈을 감았어도 머리
는 말똥말똥했지요.

"아이구, 하느님. 우리 모녀 살려 주세요! 예순이 아부지, 지금
  우릴 보고 계시나요? 아이구, 하느님!"

애달픈 엄마의 목소리가 가물가물 멀어져 갑니다.

엄마가 없습니다.

예순이가 까무룩 잠든 사이 예순이 엄마는 사라져 버렸습니다.

"엄마아?"

어둑한 방안에서도, 방문 밖에서도 엄마의 목소리는 들리지 않았고 빗소리만 사정없이 들려 올 뿐이었지요. 숨이 막혀 답답했습니다.

예순이는 그날이 떠올랐어요.

예순이 아빠는 파란 비옷을 입고 큰 삽을 어깨에 멘 후 집을 나섰습니다. 엄마가 그 뒤를 따라가며 거듭거듭 당부하기를 잊지 않았지요.

"그쪽 산비얄은 황토찰흙이라 미끄러우니 살살 조심, 조심서 요."

"일 끝나고 장에 들러 밀가루를 사 갖고 올 테니 우리 애호박 넣고 수제비 해 먹읍시다."

아빠는 몇 걸음 걷다가 다시 돌아 와 예순이 머리를 한 번 쓰다듬어 주곤 서둘러 떠났습니다.

그 일이 아빠와의 마지막이 될 줄은 차마 몰랐었지요. 그날 아빠의 손길은 무척 따스했던 것 같습니다. 예순이는 그 순간을

생각하며 저도 몰래 웃어 보다가 화들짝 놀라 입을 꾹 다물고 말
았습니다. 빗줄기가 무섭게 더 거세져 가고 있었기 때문이지요.

"도대체 엄만 어디 간 것일까?"

너무 무섭습니다.

"또 산사태가 나서…? 엄마도 아빠처럼 영영 안 돌아올까?"

겨우 일어나 불을 켜려고 벽을 더듬었으나 전등 스위치가 손
에 만져지질 않았습니다. 어디 있는지 자리를 찾을 수가 없었어
요. 손만 덜덜 떨릴 뿐입니다.

"아 참, 엄마가 기도하라고 했지. 하느님. 우리 엄마 꼭 오게
　해 주세요."

예순이도 엄마처럼 입술을 달싹여 기도하고 또 기도했습니다.

얼마나 긴 시간이 흘렀을까, 방문 밖에서 무슨 기척이 들려오는 듯했습니다. 예순이는 벌컥 방문을 열어젖히며 외쳤습니다.

"엄마야?"

그제야 반가움에 울음이 터져 엉엉 큰 소리로 울기 시작했는데, 엄마가 보이질 않습니다.

"엄마야? 엄마 어딨어어?"

그새 빗줄기는 가늘어져 있었고, 날도 조금 밝아 오고 있었습니다.

"꾸으 꾸으 끼이 끼…."

툇마루 아래 흙바닥에 무언가가 꼼틀거리고 있었습니다. 꼬부리고 앉아 자세히 보니, 아기 고라니 한 마리가 발발 떨며 흙바닥을 핥고 있었습니다. 아기 고라니도 춥고 배 고픈가 봐요.

"도망도 안 가네? 너의 엄마는 어딨어?"

예순이는 아기 고라니를 가만히 안았습니다. 그 동안엔 고라니가 나타나면 무서워 쫓아 보내기 일쑤였지요. 고라니들도 쏜살같이 도망가기 바빴습니다.

아기 고라니가 예순이를 말끄러미 쳐다보더니 이내 예순이 무릎에 살포시 내려앉았습니다. 기운이 없어서 그런지 솜털같이 가벼웠어요.

"너도 배 고프지? 어쩌니? 우리 집에도 먹을 게 없대."

"끼이 꾸우, 꾸우, 끼이…."

"넌 눈은 사슴같이 예쁜데, 우는 소리는 왜 그렇게 무섭니?"

예순이가 눈을 마주치자 아기 고라니도 뱅그시 웃어주는 것만 같습니다.

"너 상추 좋아하지? 텃밭에 상추가 있어. 그거 뜯어다 줄게."

언젠가 엄마는 고라니 녀석들이 잎이 부드러운 상추를 죄다

뜯어 먹어 애물단지라며 혀를 차던 일이 생각났습니다. 예순이가 상추를 뜯어다 내밀자 고라니는 냉큼 나꿔채선 사각사각 소리까지 내 가며 맛있게 먹습니다.

어느덧 비도 그치고, 날은 아까보다도 더 환해졌습니다.

갑자기 엄마 생각이 났습니다. 아기 고라니가 옆에 있어, 잠시 엄마를 잊고 있었던가 봅니다.

"정말 우리 엄마는 어디 갔을까? 너도 엄마가 있니? 어째서 여기까지 온 거니?"

다시 시무룩해진 예순이가 아기 고라니와 눈을 맞추며 연거푸 말을 걸었습니다. 엄마도 아빠처럼 돌아오지 못할까 봐 겁이 났기 때문입니다. 아기 고라니도 다시 울기 시작합니다.

"끼이 꾸우우, 꾸우….."

"울지 마. 너까지 울면 어떡해?"

예순이가 아기 고라니를 끌어 안았습니다.

그때였습니다.

"왜 나와 있어?"

돌아 보니, 엄마가 저 멀리서 오고 있습니다.

"엄마아!"

예순이가 달려갑니다.

"쌀 구하러 갔다가 섬강 다리가 끊어져 밤새 길을 돌아 왔구먼. 여, 봐라. 이만큼이나 많이 쌀 갖고 왔다."

엄마가 등에 멘 걸망을 벗겨 두 손으로 높이 흔들어 보이며 활짝 웃었습니다.

"고라니노 함께 왔단다. 딴 때는 사람을 보면 도망 갔는디 자꾸 쫓아오네?"

엄마가 말하며 뒤를 돌아보는데, 커다란 고라니 한 마리가 껑
충껑충 앞으로 달려왔습니다.

그러자 아기 고라니도 마주 달려갑니다. 모두 눈 깜짝할 새에
벌어진 일이지요.

"하이고, 지 새끼 예 있는 줄 알고 기어코 쫓아온 거고마는….
영물이여."

"꾸우우우, 꾸. 꾸우우우, 꾸."

"엄마가 아빠처럼 됐을까봐 얼마나 무서웠는지 알어?"

"기도혔어?"

"그러엄."

하얗게 핀 넓고 넓은 메밀밭 위로 둥실 아침 해가 떠오르기 시
작합니다. ✿

여우와 두루미와 새

　숲속의 콩새 한 마리가 나뭇가지 위에 올라앉아 긴 참나무 잎 하나를 입에 물고 있네요. 가만, 무슨 글씨가 쓰여 있군요?

「여우와 두루미의 연극」

　아침햇살이 숲속을 환하게 비출 무렵, 여섯 개의 나무도막이 나타나 양쪽으로 셋씩 나뉘었어요. 나무도막들은 척척 어깨 쌓기를 하더니 금세 다리와 몸통이 되고 위의 도막은 여우의 머리가 되었어요. 반대편도 질세라 척척 움직여 금세 두루미로 변했어요. 햇살이 스윽 빛을 보내어 여우는 노랑, 두루미는 하양 옷을 입혔지요. 모두 아주 멋져 보였어요.

　"두루미야, 내가 맛있는 스프를 대접할께."

　여우가 두루미를 초대해 접시에 스프를 담아 내왔으나 긴 부리를 가진 두루미는 먹을 수가 없었지요. 그래서 침만 꼴깍 삼킬 수밖에요.

"여우야, 나도 맛있는 고기를 대접할께."

두루미가 여우를 초대해 입이 긴 병에 고기를 넣어 내왔으나 긴 부리를 갖지 못한 여우는 고기를 먹을 수가 없었어요. 역시 침만 꼴깍 삼킬 수밖에요.

여우와 두루미는 서로 화가 너무 나서 머리가 뽀개질 것 같았어요.

"용서할 수 없어! 접시에 스프를 담아 내놓다니! 여우는 간교해!"

"도저히 용서 못해! 긴 병에 고기를 넣어 내놓다니! 두루미는 아이큐 제로야!"

참다, 참다, 끝내 참을 수 없어 여우와 두루미는 말다툼을 하기 시작했어요. 둘이는 서로 손가락질을 해대더니 급기야 몸싸움까지 벌이고 말았지요.

콩새가 놀라서 그만 입을 쪽 벌리고 말아, 물고 있던 참나무 잎새가 떨어져 내리다간 바람을 만나 나풀나풀 멀리 사라졌어요.

여우와 두루미의 싸움은 더욱 거세어져만 갔어요. 이윽고 여우는 다리를 심하게 다쳐 절룩거리고, 두루미는 날갯죽지 사이로 빨간 피가 흘러내렸어요. 그래도 몸싸움은 멈출 줄을 모르더니, 아뿔싸, 드디어는 머리가 서로 뒤바뀌는 지경에까지 이르고 말았지요. 여우의 머리는 두루미의 몸통으로 가 철썩 들러붙고, 두루미의 머리는 여우의 몸통 위에 올라가 대롱대롱 매달렸어요. 둘이는 지치고 지쳐선 그만 땅바닥에 쓰러져 나뒹굴고 말았지요. 오랜 시간이 흘렀어요.

콩새가 다가가 속삭였어요.

"여우야, 두루미야. 이제 일어나 서로를 바라봐. 밤하늘에 별들이 돋기 시작했어."

　천천히, 아주 천천히 일어난 여우와 두루미는 힘겹게 서로 인사하며 뒤바뀐 머리를 다시 바꾸었어요.

　"미안해. 나만 생각했어."

　"나도 이기적이었어."

　그런 후, 처음과는 다르게 서로 음식을 내밀었어요. 여우가 두루미에게는 긴 병에 담은 스프를, 두루미가 여우에게 줄 접시엔 고기가 담겨 있었어요.

　그 모습을 보며 콩새는 또 다른 이웃 마을을 향해 작은 날개를 펴 날아올랐어요. ✽

우리 함께 별을 만들자

새벽 6시 30분. 깜깜한 성당 마당에 버스 한 대가 공룡처럼 버티고 서 있었다.

"미래야, 얼른 올라타자. 날씨가 매섭네."

엄마가 손을 잡았다. 미래는 살짝 손을 빼낸 채, 성큼 버스에 올랐다. 그리곤 운전기사 바로 뒷자리에 털썩 주저앉으며 모자를 푹 눌러 써 버렸다. 엄마가 옆자리에 앉는 듯했으나 곁눈도 주지 않았다. 두툼한 겨울옷을 잔뜩 껴입고서도 추위에 발을 구르고 서 있던 사람들이 단숨에 모두 타자 버스는 이내 출발하였다.

맨 나중에 탄 아저씨가 마이크를 잡았다.

"한 해가 저물어가는 이 섣달그믐에 태안 바다를 덮쳐버린 기름을 닦으러 새벽 추위를 무릅쓰고 달려오신 교우 여러분께

감사를 드립니다. 이 일이 마치 바닷물을 숟가락으로 퍼 담
는 것과도 같겠습니다만….”

아저씨의 인사말이 채 끝나기도 전에 뒤에서 한 아줌마가 앞
으로 나오더니 랩에 싼 주먹밥과 우유 한 봉지씩을 나눠주기 시
작했다. 엄마가 두 몫을 받아 한 몫을 미래의 손에 쥐어 주었다.

“아직 따뜻하네. 우유 한 모금 먼저 마시고 나서 천천히 먹어.”

엄마는 그렇게 말하면서도 엄마 몫은 앞좌석 뒤에 매달린 그
물망에 모두 넣어 두었다.

‘엄만 먹지도 않을 거면서 왜 나만 먹으래?’

그냥 짜증이 났다. 풍선처럼 팽팽해진 가슴이 금방이라도 터
져버릴 것만 같았다.

“아이는 너뿐인 거 같구나? 몇 학년이야?”

버스 통로를 오가던 아줌마가 이제 서서히 동이 터 오는 동쪽
하늘만 뚫어져라 차창 밖으로 쳐다보고 있는 미래에게 물었다.
5학년이요, 하려 하는데 말이 되어 나오질 않았다. 어젯밤부터
한 마디도 말을 해 보질 않았기 때문에 입이 굳어 버린 걸까.

“5학년인데, 몹시 추워하네요.”

엄마가 변명하듯 대신 말했다.

“이렇게 모녀가 남을 위해 봉사를 떠나니 얼마나 보기 좋아
요? 추워도 보람된 일이죠. 이 주먹밥 아줌마가 밤새 만든 거

야, 먹어 봐."

아줌마는 미래의 무릎에 놓인 주먹밥을 들더니 랩을 벗기곤
한 조각 떼어내어 미래 입에 넣어 주었다. 얼결에 입을 오물거
렸다.

"빈속이라 더 추울 거야. 우유도 마시고."

우울한 기분과는 달리 새콤달콤한 주먹밥은 아주 맛이 있
었다.

"딸에게 나눔에 대한 추억을 심어주고 싶었어요."

엄마도 그물망에서 우유를 꺼내 한 모금 마시며 이미 뒷자리로 가고 있는 아줌마에게랄 것도 없이 혼잣말처럼 말했다.

캑, 캑. 갑자기 사레가 들려 주먹밥이 목에서 넘어가질 않았다. 엄마가 황급히 등을 두드려 주었다. 하지만 미래는 아직도 숨을 고르지 못해 핵핵대면서도 엄마 손을 차갑게 밀어냈다. 엄마 손은 힘없이 무릎 위에 얹혀졌다.

'뭐, 추억? 꽁꽁 얼어붙은 겨울 바다로 기름 닦으러 가는 게 추억이 될 거라구? 나를 먼먼 땅으로 내쫓고서 엄마 혼자 추억을 곱씹어 보겠다는 거지?'

미래의 속마음을 다 알고 있는지 엄마가 손바닥으로 가슴을 살살 두드리며 큰 숨을 몰아쉬었다. 미래는 저도 모르게 자리에서 벌떡 일어서며 씩씩거렸다. 아저씨가 백밀러로 미래를 넘겨다보며 말했다. 아마 미래를 달래보려는 것 같았다.

"엄마가 싫다는 너를 억지로 데리고 온 모양이구나? 기왕 온거 참고 가 봐. 푸른 바다에 온통 기름덩이가 산처럼 둥둥 떠다니고, 해안의 바위와 수없이 깔린 돌들이 검은 기름으로 뒤덮여있는 걸 보면 너도 그게 바로 인류의 재앙이라는 걸 느낄 수 있을 게다."

'인류의 엄청난 재앙이라는 것쯤 나도 안다구요. 그런데 지금 나는 그곳에 가기 싫어 화가 난 게 아니라구요.'

미래는 답답한 마음에 의자 깊이 몸을 묻고 눈을 질끈 감아 버렸다.

바닷가 모래사장엔 외계인 같은 사람들로 발 디딜 틈조차 없었다.

자루같이 큰 노란 방수복, 파란 마스크, 빨간 고무장갑, 색색의 털모자와 챙 달린 모자를 제멋대로 삐뚤빼뚤 쓴 사람들이 옷을 있는 대로 껴입어 부풀어진 몸을 천천히 움직이며 콜타르 같은 기름덩이를 걸레로 닦아내고 있었다. 걸레의 종류도 가지가지였다.

수건, 내의, 마대포, 이불호청, 두루마리째 돌 위에 산더미처럼 부려놓은 하얀 무명천, 기름이 닦일 것 같지도 않은 나일론 의류 등 집집마다 쓸모없다고 생각되는 천들은 모두 모아진 듯했다.

커다란 바위에 매달려 기름을 닦아내는 사람들, 크고 작은 조약돌을 들고 하나하나 반짝반짝 닦아내는 사람들, 웅덩이를 파서 고여 든 기름을 플라스틱 바가지로 끝도 없이 퍼내는 사람들, 말할 시간도 아끼며 모두 묵묵히 자기들이 맡은 일들을 정신없이 해 나가느라 바빠 보였다.

행렬은 멀리 가물가물한 수평선 끝 해안에까지 길게 이어져 있었다.

미래도 얼굴에 땀방울이 송송 맺히도록 온 힘을 기울여 기름 때를 닦았다. 미래보다 더 어린아이들도 많이 와 있었다. 한참 열중하다 문득 눈이 마주치면 고무장갑 낀 손을 높이 흔들며 서로 파이팅을 하기도 했다.

"땀 좀 닦자. 여기 깨끗한 수건도 있네."

엄마가 미래에게 다가와 수건을 몇 겹으로 접어 얼굴에 맺힌 땀방울을 꼭꼭 찍어내 주었다. 미래는 화들짝 놀라 뒷걸음을 치면서 짧고 매몰차게 말했다.

"싫어. 손대지 마."

팽 돌아서며 미래는 엄마의 슬픈 눈을 보았다. 얇은 칼날에 살을 베일 때처럼 가슴이 섬뜩해졌으나 미래는 짐짓 모른 체 저만치 달음질쳐 엄마와 멀어졌다.

파도가 천둥 같은 소리를 내며 바위를 덮치고 나선 까르르 멀어져 갔다. 사람들은 손놀림을 멈추지 않으면서도 잠깐씩 파도가 펼쳐내는 장관들을 구경하며 미소를 짓기도 하였다.

"멀쩡한 바다에 기름을 쏟아 순식간에 물고기들을 떼죽음시

키고…, 바다가 죽어 가네…, 온갖 해초들이 다 죽어가네에.
이런 참변이 어디 있을꼬? 두 번 다시 일어나선 안 될 악몽이
여, 악몽. 조금만 미리 조심했더라면…."

한 할아버지의 탄식 소리는 바위와 바위가 맞붙어 동굴처럼
파인 곳에 온몸을 굽혀 검은 기름덩이를 한 움큼씩 파서 양동이
에 옮겨 담을 때마다 끊겼다 이어졌다 반복되곤 하였다.

"미래야, 어제 밤엔 네게 자세한 얘길 할 수가 없었단다. 사실
은 엄마가…."

어느 결에 엄마가 다가와 옆에 서 있었다.

"많이 아파. 너도 조금 짐작은 하고 있겠지만."

"아주 많이?"

"응. 그래서 아빠에게 널 뉴질랜드로 데려가 달라고 부탁한 거
야. 다행히 아빠도 이제 정신을 차려서 목수 일도 열심히 하
고 계신대. 그곳엔 목조건축 일이 많아서 열심히만 하면 빌
더로 인정받을 수도 있어 살기는 괜찮다는구나. 새엄마가 될
그 아줌마에게도 널 반갑게 맞아달라고 했어."

"누가 간댔어? 누가 부탁하랬어? 그럼 엄만 누구랑 살고 치료
는 어떻게 할 건데?"

숨 가쁘게 쏘아대던 미래는 사람들이 쳐다보는 듯해서 둑방
으로 올라왔다. 엄마도 숨을 할딱이며 따라 올라왔다.

"수술을 해 봐야 안대. 엄마가 만약 살아서, 살아서 건강해지면 다시 널 꼭 데려 올게. 지금은 너라도 가서 편하게 살아야지."

미래는 야속한 엄마가 불쌍해 목이 메었다. 더는 아무 말도 할 수가 없었다.

오후가 되자, 바다는 점점 더 짙은 회색빛으로 변해 갔다. 확성기의 소리가 들려왔다.

"오늘은 이만 작업을 마치도록 하겠습니다. 만조 때까지 하려 했으나 곧 눈이 쏟아질 것 같으니 서둘러 마무리를 해 주시기 바랍니다. 먼 길, 안녕히 가십시오."

그러더니 5분도 채 안 되어 눈발이 마구 흩날리기 시작했다.

버스에 올라타자마자 잠이 들었다. 자면서도 울었던지 가끔 흐느끼다가 놀라 깨기도 한 것 같았다. 그럴 때마다 따뜻한 엄마의 손길이 느껴졌다.

태안에 기름 유출사건이 생긴 것만큼이나 미래에겐 아픈 엄마와 헤어져 살아야 한다는 사실이 견딜 수가 없었다. 어렴풋이 잠에서 깨어나면서부터 미래의 가슴은 또다시 방망이질을 해댔다.

여기저기서 사람들이 기지개를 켜는지 끄응, 끄으응, 소리를 내며 버스 안이 부산스러워졌다. 추위에 일하느라 고단했던지 모두 미래처럼 버스에 오르자마자 잠이 들었던 모양이었다. 운전기사 아저씨가 텔레비전을 켰다.

미래는 창가에 앉은 엄마 쪽을 슬며시 돌아다보았다. 엄마는 잠도 자지 않은 듯 두 손을 맞잡은 채 입술을 달싹이고 있었다.
엄마는 무슨 기도를 하고 있는 걸까?
텔레비전에선 다큐멘터리가 방영되고 있었다.
기후온난화로 인해 뉴질랜드와 가까운 조그만 섬나라가 해수면이 점점 높아져서 몇십 년 후엔 물속으로 가라앉게 되리란 내용이었다. 사람들은 수면이 높아진 파도가 갑자기 덮쳐들 것을 걱정하며 집 앞을 돌로 쌓기도 하고, 아예 해안에서 멀리 떨어진 곳으로 이사를 가기도 하였다. 모두 근심에 싸인 표정들이었다.
스텔라라는 여자아이가 화면에 나타나 차분한 목소리로 말했다. 자막엔 이런 문구가 쓰여 있었다.
「우리를 도와주세요. 세계의 선진국 모든 사람들이 연료를 덜 사용해 주시고, 자동차를 줄여 주세요. 매연을 줄여 주세요.」
그리고 이어 순박해 보이는 스텔라 엄마의 모습이 비춰지며 울음 섞인 목소리가 들려왔다.
「앞으로 우리가 어떻게 살아갈는지는 몰라요. 하지만 스텔라

는 행복하게 살았으면 좋겠어요. 그래서 슬프지만 뉴질랜드로 이민 보내려고 해요.」

스텔라의 눈이 푸른 별처럼 크고 참 맑아 보였다 .

'스텔라야. 나도 뉴질랜드로 가게 될 거 같아. 그곳에서 널 만날 수도 있겠지? 우리 함께 별을 만들자. 그 별을 하늘 높이 띄워 보자. 아마 그 별은 그리움의 별이 될 거야.'

미래는 화면에서 눈을 떼지 못한 채 울고 있는 엄마의 손을 꼭 잡았다. ✿

청솔모들이 속닥속닥

"엄마, '시름시름'이란 말이 무슨 뜻이야?"

"왜?"

"시진이 할머니가 코로나에 걸려 시름시름 앓고 계신대."

설거지를 하며 무심히 찬이의 얘기를 듣던 엄마가 화들짝 놀랐습니다.

"큰일 났네, 어쩜 좋아?"

"왜? 시름시름이 무슨 뜻이냐니까?"

찬이는 빨리 대답해 주지 않는 엄마가 야속합니다. 왜냐하면 요즘 찬이는 새로운 단어에 관심이 무척 많아지고 있기 때문입니다.

"그래시 사사격리하신다고 해?"

엄마의 눈이 더 커졌습니다.

"아이 참, 자가격리는 또 뭐야?"

찬이는 알쏭달쏭한지 고개를 갸웃거립니다.

"자가격리, 것두 몰라? 전염병 환자를 다른 사람에게 병균이
옮겨가지 않게 떼어놓는 거지."

"으음. 그럼 시름시름은?"

찬이는 끈질깁니다.

"아휴, 딱히 뭐라고 설명을 해야 하나? 아, 검색해 볼께."

엄마는 딴, 딴, 딴, 핸드폰을 두드리더니 처음 글자 읽는 사람
처럼 천천히 또박또박 읽습니다.

"병세가 더 나빠지지도 않고 좋아지지도 않으며 오래 계속되
는 모양을 나타내는 말, 이라고 하네?"

"그러니까 시진이 할머니는 금방 돌아가시는 건 아니지? 근데
엄마, 시진이 할머니는 시골집에 사신다던데?"

"어, 그래? 정말 다행이네."

엄마는 두 손으로 가슴을 쓸어내립니다.

"왜 다행이야?"

"엄만 찬이가 혹시 시진이한테서 코로나 바이러스를 옮겨 왔
을까봐 가슴이 철렁했거든. 그래도 안심하면 안돼. 시진이가
할머니를 언제 만났었는지 알아봐야만 해."

엄마는 여기저기 전화를 합니다.

"윤이 엄마, 시진이 할머니가 코로나 확진자라는 소식 들었어요?"

"솔이 엄마, 시진이와 할머니는 언제 만났을까요?"

"민이 엄마, 학교에서 '거리 두기'를 제대로 지켰을지 모르겠어요?"

코로나로 시름시름 앓고 있을 시진이 할머니 걱정은 하지도 않습니다.

"언제쯤 코로나 팬데믹의 공포에서 벗어날 수 있을까요? 우리 행복공원 잣나무숲에서 만나 좀 더 자세한 얘기 좀 해 봐요."

찬이도 엄마 손을 잡고 숲을 향해 걸었습니다.

며칠 전, 이른 아침에 보았던 귀여운 청솔모들이 보고 싶어서입니다.

"찬아, 항상 손 잘 씻고 친구들하고 너무 가깝게 놀면 안돼. 알았지?"

'왜 친구들하고 친하게 놀면 안돼?'

찬이는 이제 묻지 않습니다. 그동안 싫도록 들어 온 엄마의 잔소리이기 때문입니다. 마스크를 쓴 아줌마들이 보이자 톡, 톡, 뛰기 시작하는 엄마의 손을 슬그머니 놓은 찬이는 뒤에 서서 높은 잣나무 위를 쳐다보았습니다.

다람쥐보다 긴 꼬리를 가진 청솔모 두 마리가 잣나무 가지를 타고 오르내리며 놀고 있습니다. 찬이는 고개를 젖힌 채 시간 가는 줄을 모르고 보고 또 봅니다. 잣나무 가지 사이사이로 파란 하늘이 까마득히 보이기도 합니다.

끼이~, 끼이이~, 끼이~. 찬이에게는 청솔모들이 속닥 속닥 재미있고 즐겁게 서로를 부르며 노는 소리로 들렸습니다. 속닥, 속닥. 끼이, 끼이이. 찬이도 청솔모들을 향해 큰 소리로 말했습니다.

"청솔모들아, 너희들은 좋겠다. 높은 나무 위에서 마스크도 안 쓰고 친구들이랑 속닥속닥 재미있게 놀 수 있으니까."

자나깨나 코로나를 걱정하는 엄마가 멀리서 찬이를 부르는 소리가 들려 옵니다. ✿

코끼리

야생동물들이 사는 나라에 허공을 쳐다보기 좋아하는 코끼리 한 마리가 있었지요.

허공을 쳐다보는 것은 언젠가 피부가 상아이빨보다 더 하얀 사람들이 던져 준 비스킷을 받아먹고 난 이후부터 생겨난 버릇인 듯합니다.

코끼리의 주식인 푸른 풀들을 쳐다보지도 않기가 예사였지요.

코끼리와 친구처럼 지내던 얼굴 까만 소년이 코끼리의 마음을 알아차린 모양입니다.

"코끼리야. 네가 비스킷 병이 단단히 걸린 모양이구나. 널 그 사람들이 사는 곳으로 보내 주도록 할께."

소년은 코끼리와 헤어지는 게 몹시 안타깝고 슬펐지만 코끼

리를 위해 꾹 참았지요.

헤어지는 선물로 코끼리의 네 다리를 예쁘고 고운 색깔로 물들여 주고 싶었습니다. 소년은 깊은 숲속으로 들어가 온갖 나뭇잎과 풀잎을 한아름 따와 돌쩌귀에 짓이겨 물감을 만들어내느

라 몇날 며칠을 쉬지 않고 일했습니다. 할머니, 할아버지 때부터 배워 온 솜씨를 코끼리를 위해 아끼지 않았지요.

색색의 고운 물감들이 소년의 신비한 손에 의해 코끼리의 굵은 네 다리를 물들여 갔습니다.

"코끼리야. 널 보면 네 다리가 신기하다며 사람들이 비스킷을 더 많이 주게 될 거야."

소년은 바닷가 모래밭에 서서 끝없이 손을 흔들어 주었고, 코끼리는 긴 코로 답례를 하며 어마어마하게 큰 상선에 실려 탔습니다.

"기상 악화인데다 물품 산적 양이 많아 위험하지 않을까요?"

"괜찮아! 괜찮아!"

망망대해 바다 한복판에서 풍랑을 만난 상선은 산산조각이 났습니다.

코끼리는 구사일생 살아나서 어느 섬에 도착했습니다. 그 섬엔 키가 아주 작은 사람들이 살고 있었지요.

"코끼리 다리가 빨간색인 건 첨 봤소."

"코끼리 다리가 초록색인 건 첨 봤소."

"코끼리 다리가 노란색인 건 첨 봤소."

"코끼리 다리가 파란색인 건 첨 봤소."

"아니, 코끼리 다리는 빨간색이오. 당신들이 틀렸소."

"아니, 코끼리 다리는 초록색이오. 당신들이 틀렸소."
"아니, 코끼리 다리는 노란색이오. 당신들이 틀렸소."
"아니, 코끼리 다리는 파란색이오. 당신들이 틀렸소."

키 작은 사람들은 모두 앞으로도 옆으로두 한 발짝도 움직이
지 않은 채 그저 눈 앞에 산처럼 우뚝 선 코끼리 다리만 쳐다보
고 있을 뿐이었습니다. 거대한 몸집을 지닌 코끼리도 웬일인지

한 발짝도 움직이지 않았습니다. 바람조차 미풍으로도 불지 않았더랬지요.

키 작은 사람들은 서로 핏대를 올리며 목소리를 한껏 높였습니다.

"내 눈은 틀림이 없다오."

"내 눈도 틀림이 없다오."

"내 눈도 틀림이 없다오."

"내 눈도 틀림이 없다오."

눈알이 새빨개지도록 키 작은 사람들은 자기 앞에 우뚝 선 코끼리 다리만을 노려보았지요.

"하늘이 무너져도 코끼리 다리는 빨간색이오."

"하늘이 무너져도 코끼리 다리는 초록색이오."

"하늘이 무너져도 코끼리 다리는 노란색이오."

"하늘이 무너져도 코끼리 다리는 파란색이오."

너무도 답답해서 키 작은 사람들은 숨이 막힐 것 같았습니다. 상대방들에게 겁을 주려고 무섭게 눈을 부릅떠도 보았으나 산 같은 코끼리 다리에 가리어 서로 얼굴조차 볼 수도 없습니다. 그러나 코끼리는 그에는 아랑곳없이 긴 코를 이리저리 흔들어 밀림의 나뭇잎을 잘라 먹으며 꼬리로는 날아드는 벌레들을 휘휘 쫓을 뿐입니다.

"어머나! 파랑, 노랑, 초록, 빨강, 코끼리 네 다리에 색색 물을
들였네? 호호."

나비 한 마리 날아 와, 코끼리 주변을 아래위로 휠휠 맴돌았
습니다.

"사람들은 몰라요. 한 발짝 나아 올 줄을. 옆을 볼 줄도, 위를
볼 줄도 몰라요. 눈만 살짝 돌려도, 고개만 조금 돌려보아도
얼마든지 다른 걸 볼 수 있는데 말예요. 호호."

나비는 팔랑 팔랑 높은 코끼리 머리 위로 날아올랐습니다.

"어머나, 어머나! 코끼리 귀가 운동장만해요!"

나비는 코끼리의 넓은 귀 위에서 춤을 추었지요. 길고 긴 상
아에 매달려 그네도 타 보았지요. 햇살도 참으로 눈부셨습니다.

"조금만 높이 날아올라 와 보면 세상엔 신기한 것들이 너무
많아요."

나풀, 나비가 코끼리 등 위에서 덤블링을 하며 말을 걸자 코끼
리는 꾸,움,벅 눈을 한 번 감았다 떴습니다.

"아저씨, 허공을 쳐다보는 건 먼 그리움 때문인 거죠?"

코끼리가 꼬리를 늘어뜨려 제 엉덩이를 툭 쳤습니다. 벌레를
쫓는 거지요.

"사람들은 아저씨의 그리움 같은 것엔 관심도 없어요. 생각
할 줄 안다는 것도 몰라요. 오직 눈앞에 보이는 다리 하나에

만 집착을 할 뿐이죠. 사람들은 쓸데없이 고집만 쎄다니까
요. 웃겨요.”

나비는 막대처럼 긴 상아에 걸터앉아 잠시 쉬며 작은 소리로
속삭댔습니다.

“아저씨의 그리움 속엔 뭐가 있어요?”

“비스킷.”

와아, 코끼리가 말을 했습니다.

“에게! 겨우 고거요? 헤헤, 추억이군요?”

코끼리가 길고 긴 코를 하늘로 올리며 드디어 한 발짝 크게 내
디뎠습니다.

“이 밀림 너머에 비스킷 나라가 있어요. 안내할 테니 절 따라
오셔요.”

나비가 앞장을 섰고, 코끼리가 뚜,우,벅 뚜,우,벅 뒤를 따라 걸
으며 생각합니다.

‘얼굴 까만 소년도 내게는 그리움으로 남아 있거덩.’

풀씨의 고조선 여행

높은 성자산 너른 터에 한 무리의 사람들이 올라왔어요.

산 위로 올라오자 후욱, 힘센 바람이 불어 와 모두 가쁜 숨을 몰아쉬게 했어요. 사방이 막힌 데 없이 툭 트여 있기 때문이지요.

"와, 축구해도 될 만큼 널찍하고 편편하네요?"

"해발 800미터쯤이라고 했나?"

"예전엔 무엇을 하던 곳이었을까요?"

"아마 천제님을 우러르며 간절히 소원을 빌던 곳이 아니었을까?"

사람들은 저마다 한 마디씩 하며 넓고 넓은 터 위에서 사방으로 흩어져 춤을 추듯 껑충껑충 뛰어다녔어요. 앞서거니 뒤서거니 바람도 함께 휘익 휘익 날아다녔지요.

"풀꽃 박사님, 풀꽃 박사님. 올라오면서 보니, 우리나라 꽃들
과 똑같이 생긴 꽃들도 눈에 많이 띄던 걸요? 키는 비록 작
지만요."

얼굴이 유난히 하얀 아저씨였어요.

"허허. 풀씨는 발이 없어도 어디든 날아 옮겨 다닐 수 있을 테
지요?"

풀꽃 박사님이라 불리는 할아버지는 배낭을 멘 채 오른손으
론 지팡이를 짚고 왼손은 바지 주머니에 넣고 있었어요.

"첨엔 그냥 관광 온 사람들 중 한 분이신 줄 알았어요. 그런데
사람들이 풀꽃 박사님이라고 불러서 호기심에 뒤를 바짝 따
라 올라와 봤지요. 그런데 박사님께선 주머니에서 가끔씩 무
얼 꺼내 뿌리시던데, 도대체 그게 뭐예요?"

"고새 내가 미행을 당하고 있었구먼? 허허. 풀씨지요. 어쩌다
바지 주머니에 들어 있길래 몇 톨 뿌려 보았다오. 우리가 사
는 남쪽나라의 풀씨라오. 한데 젊은이는 뭘 하는 분이신가?"

"아, 예. 저는 기후 변동에 따른 인류의 이동경로에 대해 연구
하고 있습니다. 그런데 문서로 정리된 자료 찾기가 참 힘드
네요?"

얼굴이 하얀 아저씨는 수줍은 듯 금세 볼이 붉어졌어요.

"문서자료도 중요하지만, 지금처럼 이렇게 직접 발품을 사서

얼는 것도 중요한 몫이 되지 않겠소?"

"네. 이번 답사를 통해서 생생한 역사의 흐름을 많이 깨닫게
되었습니다. 그런데요, 박사님. 사람들은 왜 박사님을 풀꽃
박사님으로 부르는 것인지요?"

하얀 아저씨가 조심스럽게 물었어요.

"젊은이는 지구 환경이 달라져 감에 따라 사람들이 어떻게 옮
겨 다니며 살게 됐는지에 관심이 있는 게 아니겠소?"

"네. 전 어렸을 때 공룡에 대해서도 호기심이 아주 많았었어
요."

"그럼, 그럼. 호기심은 누구나 갖고 있어야 하지. 우리 손주는
책은 딱정벌레 보듯 질겁하면서도 체스 게임하는 건 가히 천
재적이라오, 하하."

활짝 웃는 풀꽃 박사님 눈이 손톱 달 같은 실눈으로 변했어요.

"그처럼 나도 꼬맹이 때부터 풀꽃들에 관심이 많았다오."

"박사님께도 정말 꼬맹이 시절이 있으셨어요? 클클."

하얀 아저씨가 클클 웃자,

"예끼, 이 사람. 꼬맹이 시절을 겪지 않는 사람이 어디 있겠
나? 풀씨가 싹을 틔워 나고 자라 풀꽃이 되는 이치와 같은 것
이지."

하며 풀꽃 박사님은 지팡이를 나무에 걸쳐놓고 풀밭 위에 앉았

어요. 춤을 추듯 너른 터를 마냥 뛰어다니던 사람들도 지쳤는지 삼삼오오 모여 사진 찍기에 바빴어요.

"이번 여행은 우리나라의 풀들이 이곳에 와서 얼마나 어떻게 살고 있는지 궁금해서 왔다오."

"그럼 풀이름과 꽃 이름도 많이 아시겠네요?"

"내게는 모두 정겨운 이름들일세. 들과 산에는 쇠뜨기·고사리·애기나리·도라지·하늘나리·무릇·청미래덩굴·쐐기풀·뱀딸기·노랑제비꽃·명아주·민들레·패랭이꽃·할미꽃·싸리냉이·달맞이꽃·메꽃·익모초·쑥·씀바귀가 지천으로 피어 있지. 어디, 전에 들어 본 거 같은 풀이름이 더러 있소?"

부끄럼쟁이 하얀 아저씨가 고개를 갸우뚱하며 머리를 긁적였어요.

"글쎄요오, 고사리? 도라지? 할미꽃? 쑥? 아, 아까 올라오면서 본 민들레랑 패랭이꽃을 보면서는 반갑고 신기했어요. 아파트에서도 자주 본 꽃들이라서요."

"이곳 성자산 기슭에 피어있는 민들레는 꽃대궁이 짤막하고, 패랭이꽃은 키가 작달막하지 않소?"

"네. 꼭 아기꽃들 같았지요. 오기 전에 성자산에 대한 기사를 읽은 적이 있습니다. 비가 오지 않아 구름도 올라갈 수 없어서 점점 사막화로 변해 나무의 키도 낮아져 가는 거라고요.

바람은 세게 불고요."

"그렇다오. 모든 생명은 환경에 적응해 나가기 위해 꺾이기
보다 스스로 몸을 낮추어 사는 게요. 인간도 식물도 말이오."
한데, 처음부터 눈빛을 반짝이며 이 광경을 지켜 본 풀꽃이 있
었어요.

풀꽃은 풀꽃 할아버지에게서 알 수 없는 향기를 맡을 수 있었
어요. 흠흠.

얼굴이 하얀 젊은이도 마음에 쏙 들었어요. 산을 타고 유적지
를 찾아 헤매다 보면 곧 얼굴도 구릿빛으로 끄슬려 가겠지요.

"저는 이제 동편에 있는 성벽 쪽으로 가 보려고 합니다. 최근
에 성벽이 무너진 곳이 있다고 해서요."

수줍음이 많던 젊은이는 아까보다 훨씬 늠름해진 듯 목소리
도 힘찼어요.

"어여, 부지런히 가 보시게나. 머릿속 곳간에 많은 걸 채워갖
고 가야 더 훌륭한 연구를 할 수 있을 걸세."

"네. 명심하겠습니다."

"이따 산 아래 버스 안에서 다시 만나세."

꾸벅, 고개 숙여 인사한 후 미래의 인류학자는 멀어져 갔어요.

풀꽃은 기뻤어요. 그 동안 수많은 사람들이 산 위에 올라 와
목청 자랑하듯 야호, 소리 지르거나 저마다 소원만 빌다 갔었는

데 수줍음 많고 호기심 많은 젊은이는 왠지 오래 오래 기억 날 것 같았어요.

"역사가 곧 미래라는 말을 잊지 않기를 빌겠네. 현재는 늘 변화하는 것이지."

풀꽃 할아버지는 혼잣말하듯 하며 풀밭에서 일어나 높고 드넓은 하늘을 휘이, 둘러보았어요. 하늘은 맑겠어요.

"여전히 구름 한 점 없군."

천천히 몇 걸음 걷던 할아버지는 다시 돌아와 성 터에서 떨어져 나온 꽤 큰 돌 위에 걸터앉았어요. 바로 풀꽃 옆이었지요. 풀꽃은 가슴이 조마조마했어요. 말을 걸어보고 싶었기 때문이에요. 숨을 한 번 크게 쉬고 나서 기다란 꽃술로 할아버지의 손등을 살살 간지럽혔어요. 헤헤, 웃음이 났어요.

"어쿠!"

놀랍게도 할아버진 엄살쟁이인가 봐요. 그냥 살살 간지럽혀 보았을 뿐인데요.

"너언, 무슨 풀이뇨? 남쪽나라에서 온 강아지풀은 아닌 거 같은데?"

'저 먼 남쪽나라에서 온 거 맞아요. 아주 먼 옛날 제 조상이 그곳에서 왔대요.'

"가만있자아, 네 이름이 무엇일꼬?"

'이름이 그렇게 중요한 거예요? 전 그냥 풀꽃이면 돼요.'

"아하, 이곳이 사막화로 변했으니 네 모습이 달라진 건 당연한 일이지."

풀꽃 할아버지가 깊은 생각에 잠겨 가는 듯했어요.

'할아버지. 현재는 늘 변해 가는 것이라면서요? 너무 시무룩해 하지 마셔요.'

풀꽃은 잠든 풀꽃 할아버지를 깨우기라도 하려는 듯 바람을 불러 살살 손등을 간지럽혔어요.

"좀 피곤하구나. 잠깐 눈을 감고 있어야겠다."

풀꽃도 할아버지 옆에서 다소곳이 눈을 감았어요. 그러곤 종달새처럼 종알거렸어요.

'아주 오랜 옛날부터 전해 오는 얘길 해 드릴 테니 들어 보세요. 저희 조상들이 산 넘고 물 건너 온 재미 난 이야기예요.'

남쪽 어느 마을에 한 선비가 살았어.

그런데 그는 엉뚱하게도 작고 가냘퍼 보이는 몸집하군 달리 '장사'가 되고 싶었대. 왜, 씩씩한 기상과 꿋꿋한 절개를 지닌 사람을 '장사'라고 하지?

흔히 장사라 하면 눈도 부리부리하고 산적처럼 무섭게 생긴 사람을 떠올리게 하는데, 선비는 전혀 그렇지 않았어. 그런 그가 왜 하필 장사가 되고 싶었을까?

그는 힘께나 쓰며 사람들을 공포에 떨게 하기보단 지략이 뛰어난 장사가 되고 싶었는지도 모르지.

그는 길가에 굴러다니는 옥 조각으로 땅바닥에 글씨도 써 보고 형체도 알 수 없는 그림을 그려가며 날마다 열심히 무언가를 생각해 내곤 했어.

그런 어느 날 선비는 용기를 냈지. 더 멋진 일을 하기 위해 길을 떠나기로 말이야.

마른 풀잎에 싸여 처마 밑 시렁 위에 얹혀있던 우리 풀씨들은 똘똘 힘을 뭉쳐 팔짝 뛰어내려 선비의 괴나리봇짐 속으로 쏙 들어갔어.

마침 선비가 늘 갖고 다니는 옥 조각을 넣으려고 봇짐 마구리를 열 때였지. 다행히 선비는 눈치채지 못했어. 옥 조각에만 마음을 두었기 때문이지. 옥 조각은 땅을 파거나 나무줄기 같은 걸 잘라낼 때도 아주 요긴하게 쓰이거든.

옥이 지천으로 나는 곳이다 보니, 웬만한 도구는 옥으로 만든 게 많았지 뭐야?

선비는 오래 전부터 꿈꾸어 왔던 일인지라 기분이 좋아 흥얼흥얼 노래를 부르며 덩실덩실 춤도 추어 가며 산 넘고 내를 건너서 가고 또 갔지. 우리 풀씨들도 봇짐 안에서 덩달아 마냥 좋았어. 모르는 곳을 가 본다는 건 설레는 일이잖아?

만주 벌판을 뛰고, 걷고, 달려갔어. 때로 선비는 검무로 단련된 몸을 날려 공중 곡예 하듯이 하늘 높이 발차기를 하며 몇 바퀴를 돌다 내려오기도 하는 거야. 그는 보기와 달리 정말 놀랄 정도로 용맹스러웠지.

그러던 선비가 걸음을 멈춘 곳이 있었어. 의무려산이라고 그가 말해 주었지. 세상에서 상처받은 영혼을 깨끗이 씻어주는 산이래. 선비는 이곳에서 한참 동안 머물렀어. 하얀 바위들로 이루어진 산을 오래오래 휘둘러보았던 거 같았지. 눈처럼 너무도 깨끗한 바위라고 했어. 그래서 마음도 맑아져 갔는지도 모르지.

"아주 먼 옛날, 우리 민족은 이 산에 나라를 세웠지."

선비가 말하며 다시 길을 재촉했어. 마치도 선비는 봇짐 안에 든 우리 풀씨들에게 들려주기라도 하듯 큰 소리로 말해 주곤 했어. 아마도 마음에 새겨 두려고 했던 거 같아. 아름다운 의무려산을 넘으면 드디어 내몽고로 들어서게 된다며 가슴이 설렌다고 했어. 평원을 달리면서는 보라색 도라지꽃이 피었네, 노란 나비도 날아다니네, 하더니 선비는 드디어 흥분을 감추지 못하고 말았어. 끝도 없이 펼쳐진 벌판에 고향 산천과 똑같은 조들이 노오란 물결을 이루고 있다며 감격해서 엉엉 우는 거야. 깜짝 놀랐지만 짐짓 모른 체 우리도 봇짐 안에서 선비처럼 감격

해 했어. 선비와 어느 새 한 몸이 돼 있었던 거야. 그만 흠뻑 정이 들었던 거지.

"드디어 성자산에 도착했다아!"

선비는 한달음에 산 위로 달려올라 가 두 팔을 벌린 채 크게 숨을 들이쉬었어.

"여기서 우리 조상들이 천문도 관측하고 제천의식을 거행하는 장소였단 말이지? 아, 천지사방이 너무도 잘 보이는구나. 저 아래 평원이 참으로 넓고도 넓구나."

선비는 성자산성 한가운데에 있는 큰 제단 앞으로 다가가 무릎을 꿇었어. 그리고 선비의 축원하는 소리는 하늘의 별이 뜨고 질 때까지 오래오래 이어져 갔어. 우리 풀씨들도 비로소 봇짐 속에서 풀려나와 성자산 위에서 맘껏 기지개를 켜며 스르르 땅속으로 스며들게 되었지. 성자산 성 터에서 풀꽃으로 새로 태어나기 위해서 말이야. 물론 성자산 땅 속 깊은 곳에도 신령스러운 옥들이 여기저기 콕콕 박혀 있었지.

이곳이 어디냐구? 바로 광활한 영토를 가진 고조선이야.

풀꽃이 살살 할아버지의 손등을 두드렸어요. 때마침 바람이 불어 왔거든요.

'할아버지, 저희 조상 얘기 다 들으셨나요?'

할아버지가 부스스 일어나 지팡이를 짚고 풀꽃 쪽을 돌아다 보며 말했어요.

"넌 오두막이나 수풀 속에 산다는 저 아일랜드의 요정을 닮 았구나? 요정은 쉬지 않고 사람들에게 말 걸기를 좋아한다 지?"

'아일랜드요? 그곳은 아주 먼가요?'

"하늘을 날아야 갈 수 있을 만큼 먼 곳이지."

풀꽃은 요정이 어떻게 생겼을까 궁금했지만 그보다 더 급한 게 생각났어요.

'할아버지, 풀꽃 할아버지. 할아버지랑 이제 곧 헤어져야겠네 요?'

"그렇구나. 아마 다시는 오지 못할 게다."

'슬퍼요!'

"허허."

'저도 제 본 고향에 꼭 한 번 가 보고 싶어요. 풀씨가 되면 제가 곧 따라 갈 테니 할아버진 천천히 가고 계세요.'

"날 따라 온다고? 날 어떻게 찾누?"

'할아버지에게선 풀꽃을 사랑하는 사람에게서만 나는 향기가 나요. 그 향기를 쫓아 가면 할아버질 만날 수 있지 않겠어요?'

풀꽃의 말에 할아버진 또 한 번 허허, 웃고 말았어요.

"난 아주 멀리 가고 있을 게야. 나를 찾다 없으면 체스를 잘 두 는 내 손주를 찾아 네 향기를 전해 주렴."

할아버지는 뚜벅 뚜벅 천천히 산을 내려가기 시작했어요.

동화의 숲으로 초대

김희정(동화작가)

동화의 숲으로 초대

김희정(동화작가)

산책해본 적 있나요? 아시다시피 산책은 동네나 들녘, 또는 숲속을 천천히 걷는 것을 의미합니다. 산책에 관해서는 다양한 일화가 있습니다. 그 가운데 칸트의 산책은 매우 유명해요. 칸트는 서양의 근대 철학을 종합한 독일의 철학자인데요, 매일 오후 3시 30분이면 자신의 고향 마을인 쾨니히스베르크를 산책했다고 해요. 그 모습을 본 동네 사람들은 시계의 시각을 맞출 정도였답니다. 이렇듯 산책과 칸트를 떠올린 까닭이 있어요.

임나라 작가가 전하는 '동화의 숲으로의 산책' 덕분입니다. '동화의 숲에서 산책'이라고? 눈치 빠른 친구들은 벌써 알아차렸을 거예요. 이번 산책은 동화의 숲에 들어가서 그곳을 걷고 둘러보는 것입니다. 이번에는 칸트처럼 매일 같은 시간에 걷지 않아도 돼요. 여러분이 원하는 시간, 원하는 공간에서 편안한 차림으로, 편안한 자세로 걸으면 됩니다. 혼자 걸어도 좋고 친한 친구 또는 가족, 그 외 누구와 걸어도 괜찮습니다.

  동화의 숲을 산책하기 전에 먼저 할 일이 있어요. 이 동화의 숲을 가꾸고 있는 작가, 그러니까 임나라 작가님에 관해 산책해보는 것입니다. 작가님은 중앙대학교 예술대학에서 문예창작을 전공했고 이후 1984년에 〈서울신문〉과 1985년 〈대전일보〉에서 실시한 신춘문예 동화 부문에서 연이어 당선됐답니다. 이때부터 본격적으로 작가의 길을 걷게 됐어요. 작가님의 동화집으로는 「하늘 마을의 사랑」, 「무화과 나무집」, 「사랑이 꽃피는 나무」, 「광덕 할머니의 꽃자리」, 「남이의 징검다리」, 「정림사 절 짓는 이야기」 등이 있답니다.

  작가님의 이러한 동화 속에는 늘 사람과 풀, 꽃과 나무, 구름과 하늘, 동물, 건축물 등이 소재로 등장해요. 또 누구나 한 번쯤 겪었을 법한 이야기, 특히 아이들이 가정이나 사회에서 자신의 의지와 상관없이 겪는 문제에 주목합니다. 그 문제에 대해 가슴 깊이 안타까워하고 그들을 도와줄 방법을 함께 찾아보자며 독자의 마음을 두드립니다. 작가님은 거기서 그치지 않습니다. 수십 년에 걸쳐 아이들에게 나눔도 실천하고 있습니다. 이를테면, 작가님은 2000년부터 약 20여 년 간 다채로운 방법으로 '성남의 집(가정폭력, 빈곤, 부모의 장애 등으로 인해 부득이 집 밖에서 공동체 생활을 하는 보금자리 쉼터, 2018년에 폐원함)'에 후원을 했습니다. 그리고 그곳에서 만난 아이들의 사연을 다양한 시각으로 조명했는데 그

책이 「무화과 나무집」입니다.

또 「남이의 징검다리」는 1970년대 초 충청도의 어느 시골 마을에서 부모를 잃고 혼자 사는 남이의 성장사에 마을 사람들의 정성스러운 돌봄과 프랑스 입양이라는 과정이 있습니다. 작가님은 부모와 이별, 해외 입양이라는 무거운 주제를 차분하고 담담하게 펼칩니다. 이렇듯 동화 속 주인공은 저마다 아픔을 안고 삽니다. 그 삶의 모습이 시대와 모양은 다르지만, 우리의 삶을 닮았습니다. 작가님은 동화를 통해 삶이 힘들어도 희망을 놓지 말라고 격려합니다. 그래서일 거예요. 작가님의 동화는 가슴으로 스며서 따뜻한 울림으로 남습니다. 이는 인간과 자연을 사랑하는 작가님의 철학세계와 연결됩니다. 글 속에는 작가의 마음이 들어있기 때문입니다.

작가님은 1997년부터 현재까지 우리나라 목조건축과 관련된 일도 해오고 있습니다. 수십 년 동안 작품 활동(글 쓰는 일)과 건축교육 운영을 함께 해 왔습니다. 한 신문사의 인터뷰에서 작가님은 문학과 건축의 공통점에 대해 이렇게 말씀하셨어요.

"건축과 문학은 '인간이 좀 더 인간답게 살아가고자 하는 지향점과 인간의 삶'을 다룹니다."

이렇게 문학활동과 목조건축일을 꾸준히 해오던 작가님은 어느 날 강원도 횡성군의 어느 산중턱에 라임(Rhyme)하우스를 짓고 둥지를 틀었습니다. 횡성군 버스터미널에서 택시를 타고 구불구불한 산길을 따라 올라가면 푸른 하늘과 뭉게구름에 맞닿아있는 듯한 산이 보입니다. 그 산, 그러니까 해발 265m에 나무로 지은 집, 라임하우스가 있습니다. 작가님은 이곳에서 동화를 씁니다. 때로 농부도 됩니다. 짬짬이 텃밭에 나가 푸성귀와 옥수수와 호박, 참외와 수박 등을 가꾸거든요. 그러면서 작가님은 야트막한 비탈에 도라지 꽃씨를 뿌리고 정원의 나무와 화초를 일구는 정원사(가드너)가 됩니다. 미국의 타샤 튜더(Tasha Tudor)처럼요. 타샤 튜더는 「비밀의 화원」과 「소공녀」 등의 삽화를 그린 미국의 대표적인 삽화가이자 동화작가인데요, 정원사로도 정평이 나 있습니다. 어쨌든, 라임하우스 정원에는 튤립과 붉은 들장미, 다알리아와 백일홍, 들국화와 코스모스 등 철 따라 예쁜 꽃들이 핍니다. 아침이면 햇살이 웃음 짓고 나비와 벌들이 꽃과 꽃 사이를 날아다니고 작은 산새는 지저귀며 바람은 날갯짓을 합니다. 고라니도 놀러옵니다. 이렇듯 작가님이 가꾸는 정원에서는 매일 새롭고 재미있고 즐거운 일이 일어납니다. 이번 동화집에 실린 동화는 주로 이곳 정원과 텃밭과 산 등을 배경으로 했습니다.

자, 이제 '동화의 숲으로 출발~! 그 특별한 숲에서 우리 같이 산책해요. 같이 걸으면서 제가 동화의 숲에 있는 몇 편을 소개해드릴게요. 사상 먼저 둘러볼 이야기는 「여우와 두루미와 새」입니다. 이 동화는 어느 것 하나 같은 게 없는 두 동물이 서로의 집에 초대하여 음식을 대접하면서 벌어진 이솝우화가 연극으로 새롭게 탄생됩니다. 숲속의 콩새 한 마리도 나옵니다. 이야기를 산책하다 보면 궁금한 점이 마구 생깁니다.

여우는 두루미를 초대해놓고는 왜 납작한 접시에 고기를 내놓았을까. 여우는 평소 자신이 사용하는 접시보다 훨씬 예쁜 접시에 본인이 가장 맛있다고 생각한 고기를 차려낸 것은 아닐까? 친구 집에 식사 초대를 받은 후 잔뜩 기대하고 갔는데, 내가 먹기 불편한 그릇에 담긴 음식이 나온다면 나는 어떻게 했을까? 만약 여우가 두루미를 골탕 먹이려는 생각으로 두루미가 음식을 먹지 못하도록 그렇게 했다면? 흥미로운 점은 두루미도 여우를 집에 초대하고서는 여우가 먹기 어려운 그릇에 음식을 대접한다는 것입니다. 상대에 대한 복수인 거죠. 결국 둘은 서로의 머리와 몸통이 바뀌고 피투성이가 되고 엉망진창이 되도록 싸웁니다. 그러기 전, 그러니까 음식이 나왔을 때 서로에게 자신의 감정과 요구를 솔직하게 말했다면 어땠을까요? 이야기는 여기에서 끝나지 않습니다.

"미안해. 나만 생각했어."

"나도 이기적이었어."

둘은 치열하게 싸운 후 생각할 시간을 가진 후 사과하고 화해를 합니다. 서로가 먹기에 알맞은 그릇에 음식을 내놓습니다. 다행이죠. 이 동화는 어른들도 읽어도 좋을 듯합니다. 초원이나 사막, 농경지나 도시 등 아무 곳에서 잘 적응해 사는 여우와 습지나 물가에서 생활한 두루미처럼 나와 전혀 다른 사람을 만났을 때, 상대와 나를 이해하는 방식을 곰곰이 생각하게 합니다. 이 외 이 동화를 산책하며 다른 생각이 든다면 그것은 산책이 준 덤입니다.

다음 산책할 동화는 「꽃 도둑의 이상한 병」이에요. 이 동화는 제목부터 호기심을 불러일으킵니다. 도둑은 내 것이 아닌 남의 것을 훔치는 사람을 말하는데, 꽃 도둑의 어감은 나쁘지 않습니다. 꽃 도둑이 이상한 병에 걸렸다니 그 이유도 궁금하고 도둑한테 불쌍한 마음까지 생깁니다. 이 이야기의 주인공인 다미 씨는 다른 사람이 심은 꽃을 꺾는 행동이 옳지 않다는 사실을 이미 알고 있습니다. 원래는 꽃송이 하나도 소중하게 여겼어요. 그런데도 어느 날부터인가 꽃을 훔치는 행동을 반복합니다. 다미 씨가 꽃을 꺾어 모으는 데는 이유가 있었죠.

'라일락 꽃향기는 온 마음 안에 번져 들어와 모든 걱정을 녹여주는 듯했습니다.'

다미 씨는 오랜 병치레로 건강이 약해졌는데 꽃향기가 마음의 걱정을 사라지게 하는 경험을 합니다. 꽃차를 마시면 육체의 건강이 회복된다는 정보도 얻죠. 그러면서 몸에 좋은 꽃을 따기 위해 들로 산으로 다니고 나중에는 아파트에 있는 장미꽃잎도 땁니다. 이런 다미 씨를 진정으로 창피하게 만든 사건이 일어나죠. 새벽부터 아파트 울타리에 핀 장미꽃잎을 따서 집으로 돌아오는 길에 한 아이가 바닥에 떨어진 장미꽃잎을 주워 토닥이며 기도하는 풍경을 만납니다. 아이의 행동을 본 다미 씨는 장미꽃이 담긴 통을 등 뒤로 감춥니다. 작가님은

'도둑질을 하면 안 된다'라고 채근하지 않습니다. 독자가 스스로 깨닫도록 동화를 마무리합니다. 작가님의 글을 엮어가는 내공과 문학의 힘에 경이감이 절로 나옵니다.

여러분, 코끼리 본 적 있죠? 코끼리를 보면 어떤 생각이 드나요? 동화 「코끼리」에서는 다리를 네 개의 색깔로 물들인 코끼리가 나옵니다. 이 코끼리는 상선을 탔다가 바다 한가운데서 풍랑을 만나 어느 섬에 정착하는데요, 그 섬에서 사는 키가 아주 작은 사람들이 코끼리의 다리를 보고 주고받는 말이 정말 재미있습니다.

"아니, 코끼리 다리는 빨간색이오. 당신들이 틀렸소."

"아니, 코끼리 다리는 초록색이오. 당신들이 틀렸소."(중략)

시조처럼 동요처럼 반복적인 표현이 리듬감을 주면서 현장감을 더하여 더욱 실감 납니다. 사람들이 자신이 본 것은 확실하게 맞고 상대방이 본 것은 틀렸다고 주장할 때 나비 한 마리가 날아와, 코끼리 주변을 맴돌고는 이렇게 말합니다.

"사람들은 몰라요, 한 발짝 나아 올 줄을. 옆을 볼 줄도, 위를 볼 줄도 몰라요. 눈만 살짝 돌려도, 고개만 조금 돌려보아도 얼마든지 다른 걸 볼 수 있는데 말예요."

나비 말이 맞습니다. 내가 본 것이 전부가 아닐 수도 있다는 사실을 명심해야겠어요.

코로나 때 어땠나요? 「청솔모들이 속닥속닥」에서는 코로나로 인해 친구들을 만나지 못한 찬이가 잣나무 가지를 마음대로 오가는 청솔모들을 보면서 부러워합니다.

　"청솔모들아, 너희들은 좋겠다. 높은 나무 위에서 마스크도 안 쓰고
　친구들이랑 속닥속닥 재미있게 놀 수 있으니까."

　이 마음은 어른도 마찬가지입니다. 인생은 만남의 연속이고 누군가
를 만나서 즐겁게 이야기해야 사는 맛이 납니다. 한데 코로나로 인해
많은 것을 못하게 됐죠. 이 동화에는 자가격리, 코로나 바이러스, 코
로나 확진자, 코로나 팬데믹, 전염병, 거리두기, 마스크 등 코로나가
발발한 후부터 자주 쓰게 된 단어가 나옵니다. 단어도 이렇게 시대와
사회를 반영합니다.

　「풀씨의 고조선 여행」이 동화에는 원래 우리 땅이었던 성자산을 되
찾기를 바라는 작가의 깊은 바람이 담겨있습니다. 이게 무슨 말인가
싶죠. 이 동화는 고조선이 생긴 유래에 관한 이야기이기도 합니다. 「삼
국유사」에 따르면 고조선은 단군이 세운 한민족 최초의 국가라고 기
록돼 있어요. 한 문헌에 의하면 고조선은 의무려산(주몽이 세운 고구려의 첫
도읍지인 졸본卒本에 있는 산)에서 세워졌고 성자산에서 제사를 지냈다고 하
고요. 성자산은 현재 중국 요녕성 철령시 서풍현에 있고 해발 800m,
총 길이는 약 6.6km인데요, 원래는 고조선의 땅이었다는 거죠. 우리
땅인 거고요. 동화에서 장수가 되고 싶은 선비와 풀씨가 우리 땅을 찾
아갑니다. 의무려산을 지나 당시 내몽고에 있는 성자산에 도착하여
이렇게 말합니다.

　"여기서 우리 조상들이 천문도 관측하고 제천의식을 거행하는 장소

였단 말이지? 아, 천지 사방이 너무도 잘 보이는구나. 저 아래 평원이 참으로 넓고도 넓구나."

성자산이 우리 땅이었다는 사실도 모르고 살았어요. 우리 것을 지키려면 어떻게 해야 할까요?

「우리 함께 별을 만들자」에서 미래는 엄마와 둘이 삽니다. 한데, 엄마는 미래를 뉴질랜드에 사는 아빠한테 보내려고 해요. 몸이 아파서 혼자 미래를 키우기 어려운 상황에 처해 있기 때문입니다. 엄마는 미래를 뉴질랜드로 보내기 전에 기름범벅이 된 태안 앞바다로 봉사활동을 갑니다. 미래는 엄마의 강권에 못 이겨 봉사활동에 따라가는데요, 엄마와 헤어져 살아야 한다는 사실을 받아들이기 어렵습니다. 하지만 봉사활동을 마치고 집으로 돌아오는 버스 안 텔레비전에서 방영된 다큐멘터리에서 미래는 자신의 상황을 받아들입니다. 자신과 비슷한 처지의 뉴질랜드 소녀 이야기를 보고 마음이 움직인 것 같아요. 이 동화는 부모의 이혼, 바다에 기름유출, 봉사활동, 기후온난화, 입양 등 다양한 주제가 담겨있습니다. 미래도 엄마도 속으로 울고 있는 듯하여 오히려 더 안쓰러운데, 거부할 수 없는 운명을 의연하게 받아들이면서 또 다른 희망을 꿈꾸게 하여 위로가 됩니다.

이번에 산책할 동화는 「수리 부엉이」입니다. 부엉이는 재물과 화목, 장수, 지혜를 상징합니다. 그래서 부엉이 장식품을 집에 두기도 하고 가게에 선물로 준다고 해요. 이 동화는 초등학교 5학년 홍이와 늘봄이가 수리부엉이와 우리나라 역사와의 연관성에 대해 찾아가는 이야기입니다. 수리부엉이는 몸길이는 70cm, 날개를 펴면 190cm 정도로 새 중에서도 가장 크다고 해요. 대단하죠. 동화에도 이런 문장이 나옵니다.

"젤로 큰 새인데다 늠름하고 부리부리 용맹스러운 눈빛을 가졌으니 환웅 눈에 어찌 안 띄었겠누? 초능력의 뛰어난 시력을 가진 큰 눈으로 깜깜한 밤중에라도 아주 멀리까지 볼 수 있었다는구나. 청각도 으뜸이고…."

이 동화의 배경은 국립중앙박물관과 부엉이박물관입니다. 부엉이박물관이 있다는 게 신기합니다. 오래된 한옥을 개조하여 2003년에 개관한 이 박물관은 서울 삼청동에 있는데요, 배명희 관장이 80여 개국에서 수집해온 부엉이와 관련된 다양한 미술품과 공예품 등 3,000여 점이 전시돼 있다고 합니다. 현재 부엉이박물관은 운영하지 않는다고 하고요. 아쉽지만, 건물을 새로 짓기 위해서라고 하니까 다음을 기대해 봐야겠어요.

마지막으로 산책할 동화는 「밥 태우는 엄마」입니다. 열음이 엄마는 맨날 밥을 태웁니다. 국물을 바짝 태운 적도 있어요. 가스레인지 불에 밥솥이나 국냄비를 올려놓고 책을 읽다가, 꽃을 꺾으러 나갔다가, 또 수를 놓다가 밥과 국을 태웁니다. 열음이가, '엄마가 혹시 치매에 걸린 게 아닐까?'라는 걱정을 할 정도예요. 한데 엄마가 전기밥솥이 아닌 옹기밥솥에 쌀을 안쳐서 밥을 짓는 이유는 자식에게 매일 따뜻한 밥을 해 주고 싶은 지극한 사랑의 마음입니다. 그러면서 엄마는 밥이

지어질 시간을 알차게 사용하려고 합니다. 그 시간에 엄마의 세계에 푹 빠집니다. 문득 우리는 엄마에 대해 얼마나 알고 있을까? 그런 생각을 합니다.

이 외에도 동화의 숲에는 산책할 동화가 더 있습니다. 독자 여러분만의 방식으로 이 동화의 숲을 산책하다 보면 좁다란 길도 만나고 갖가지 꽃 이름도 알게 되고 향기나는 꽃냄새도 맡을 수 있을 거예요. 광활한 밤하늘에 별처럼 반짝이며 떠오르는 사람이 있을 겁니다. 그리운 사람도 보고 싶을 테고요. 여러 학원을 가야하고 해야 할 공부가 많아서 스트레스가 많은 분은 이 숲을 꼭 걸어보기를 권합니다. 실내 생활을 오래 하는 독자라면 매일 칸트처럼 산책도 하시고 매일 동화의 숲에도 들러보셨으면 좋겠습니다. 동화의 숲의 풀씨와 꽃과 나무와 새들이 전하는 싱그러운 공기가 여러분에게 스며들어서 몸과 맘이 한결 가뿐해지는 것을 느낄 것입니다. 뜻하지 않은 선물도 받게 되리라 믿습니다. 그 선물은 독자 여러분의 몫으로 남겨둡니다. 함께 걸어주셔서 감사합니다.